CLASSIC

古典推理文库

MYSTERY

——保罗·赫尔特系列——

混乱之王

Le Roi Du Desordre

[法] 保罗·霍尔特 著　　王琢 译

吉林出版集团有限责任公司

古典推理文库之保罗·霍尔特系列
导　读

◎ 吴非/文

两年前,保罗·霍尔特(Paul Halter)对于国内读者来说还是一个较为陌生的名字;两年后,借着古典推理的出版浪潮以及密室之王约翰·狄克森·卡尔(John Dickson Carr)的作品被引介到国内,这位默默耕耘的农夫也终于在中国收获果实。

霍尔特与中文读者的缘分要追溯到上世纪 90 年代初,当时国内出版了他的一部早期作品《血色迷雾》(Le Brouillard Rouge,1988)。进入新世纪,先是在今年 4 月,台湾出版了霍尔特的处女作《第四扇门》(La Quatrième Porte,1987);岁末之际,欧文·伯恩斯(Owen Burns)系列作品由吉林出版集团出版;明年,霍尔特笔下另一位名侦探推斯特博士(Dr. Twist)也将有机会与读者诸君见面。

霍尔特热爱旅行,但并未来过中国,他说“这是一个古老而遥远的梦”，现在他笔下的人物先一步替他完成了这个梦想，真可谓推理无疆啊！

生　平

1956年6月6日清晨，保罗·霍尔特出生在法国东北部阿尔萨斯(Alsacien)地区的阿格诺(Haguenau)，历史上这里是法德战争的惨烈战场。

霍尔特对于谜题的热情能够追溯到他的童年时代，各种鲜活的记忆至今都镌刻在他的脑海里。父母与祖父母在霍尔特小时候给他讲过许多童话故事，关于恶龙，关于巫师，还有蓝胡子、白雪公主和睡美人——那些故事都让年幼的霍尔特战栗不已。

霍尔特说，自己永远也无法忘记蓝胡子的故事当中，他交给新婚妻子的那把染有血迹的钥匙，同时又明确地禁止她去打开那个神秘的壁橱。血迹和神秘的东西，这两样东西已经足够来定义推理小说了。

在很小的时候，霍尔特阅读了漫画版的《黄色房间的秘密》(Le Mystère de la Chambre Jaune，1908)，这是法国作家加斯通·勒胡(Gaston Leroux)的推理小说，在不可能犯罪推理小说类型中具有相当重要的地位。读完这本书之后，霍尔特初次感受到密室犯罪的魅力所带来的震撼。不过事实上，最刺激霍尔特想象力的应该要算他的母亲和姐姐之间关于阿加莎·克里斯蒂小说的议论。因为当时霍尔特只有七八岁，所以还没有权利阅读那些小说。他的姐姐常常会问母亲一些问题，例如："妈妈，到底是谁谋杀了书房里的上校？""凶手是如何离开一个从里面锁住的房间？"每逢此时，霍尔特便心满意足地在一旁倾听。直到 12 岁那年，霍尔特终于获得阅读那些神秘故事的许可。久旱逢甘霖，霍尔特在 14 岁到 17 岁之间，读完了阿加莎·克里斯蒂的全部作品，并在幼小的心里埋下了成为一个作家的梦想。

尽管有一腔热血，不过霍尔特当时认为靠写作尚不足以谋生，于是便选修了技术类的专业课程，打算朝电气工程师的职业方向发展。毕业后，霍尔特怀着见识世界的梦想，加入了法国海军，结果发现出国的机会少得可怜。失望之余，他便离开部队，一度卖起了人寿保险。同时，为了增加收入，他还担纲当地一个伴舞乐团的吉他手。之后不久，霍尔特在国有电信公司找了一份专业对口的工作，同时继续兼职吉他手。

白天搞研发，晚上弹吉他，周末"阿加莎"，本来日子也许就这么平平淡淡地流逝，不过因为一次偶然的机会，霍尔特读到了约翰·狄克森·卡尔(John Dickson Carr)的作品。

约翰·狄克森·卡尔，美国人，公认的密室之王，倾其一生创作出质优量多的密室诡计，将此类型的推理小说写到了极致。霍尔特接触的第一本卡尔作品是《耳语之人》(He Who Whispers，1946)，尽管这并非卡尔最杰出的密室杀人代表作，但其中精彩绝伦的心理诡计以及恐怖悬疑气氛的渲染，让霍尔特就此发现了一个全新的世界：原来推理小说也可以这么写！

从那之后，霍尔特就四处搜罗，读完了所有法文版的卡尔作品，并于1985年开始动手创作自己的第一本长篇小说《红胡子的诅咒》(La Malédiction de Barberousse)，没想到竟获得了次年的阿尔萨斯及洛林地区的作家协会奖。霍尔特本打算使用卡尔笔下著名的菲尔博士作为书里的侦探，不过因为无法取得使用权而作罢。本书最初由霍尔特自费印刷约50本，直到1995年，在海外友人的鼓励之下，霍尔特才决定交由面具出版社(Le Masque)正式出版发行。霍尔特的第二本书《第四扇门》摘取了1987年的科尼亚克侦探小说大奖(Prix du Roman Policier, Festival de Cognac)，这令他在推理文坛更上层楼。1988年，他更是勇夺欧洲惊险小说大奖(Grand Prix du Roman Adventures)，获奖作品是《血色迷雾》(Le Brouillard Rouge，1988)，故事讲述了一名伪装成记者的年轻人回乡调查一桩不可思议的案件，进而牵扯出一连串离奇恐怖的不可能犯罪，包括众人监视下的密室杀人以及数个不可能消失的谜团。本书将与欧文·伯恩斯系列同时出版。

截至目前，霍尔特共计创作长篇33部，短篇集1部，绝大部分皆包含不可思议的犯罪谜团。除了法国本土，霍尔特的作品还被译介到美国、意大利、罗马尼亚、日本、韩国、中国等地，权威推理杂志EQMM（Ellery Queen Mystery Magazine）每年也会刊载霍尔特的短篇故事。

霍尔特的最新作品《米诺陶之夜》(La Nuit du Minotaure，2008)，尽管是长篇奇幻小说，但仍包含一个密室问题。另有《沙罗曼蛇谋杀案》(Les Meurtres de la Salamandre)预计明年出版，此为推斯特博士系列的第18部作品。

系　列

霍尔特笔下有两大名侦探，分别是推斯特博士和欧文·伯恩斯。

推斯特博士全名阿兰·推斯特(Alan Twist)，1882年5月23日生于爱尔兰首府都柏林，就读于牛津莫德林(Magdalen College)学院，获哲学博士学位。推斯特博士身材颀长清瘦，却食量惊人。他有一对清澈的蓝色眼珠，蓄着优雅的红色短髭。和菲尔博士一样，他的金边眼镜上系着细长的黑色丝带。给人的总体感觉是沉着冷静，具大智慧的犯罪学专家形象。

推斯特博士接手的第一个案件既非《红胡子的诅咒》也非《第四扇门》，而是《塞壬之歌》(Le Cri de la sirène，1998)，时年40岁的博士在办案过程中结识了自己的“华生”：苏格兰场的亚契博得·赫斯特探长(Inspector Archibald Hurst)。这位倒霉的探长总是抓着脑袋说：“为什么老是叫我遇上这种案件！简直不可思议！我是不是被诅咒了啊！”值得一提的是，向来心如止水的推斯特博士在本案中不慎坠入情网。

欧文·伯恩斯则更像是一个小说中的人物，他的原型是英国天才作家、诗人、戏剧家——奥斯卡·王尔德(Oscar Wilde)。与王尔德一样,伯恩斯是一个极端的唯美主义者,迷恋充满一切艺术感的事物。王尔德有过一句名言:“一个人要么成为一件艺术品,要么戴一件艺术品。”而伯恩斯则说:“我只对不寻常的、超出常人理解范围的案件感兴趣。换句话说,就是那种最高深莫测的最具有艺术感的犯罪。”着装打扮方面,伯恩斯也是自由大胆,特立独行,喜欢鲜艳的色彩和前沿的款式,从不在意他人的眼光。不过这一切都不妨碍伯恩斯成为苏格兰场的好帮手,每当有疑难案件发生,韦德堪探长(Inspector Wedekind)就会打电话求助我们这位傲气满满的艺术鉴赏家。伯恩斯系列的故事记述者名叫阿西里斯·斯托克(Achilles Stock),他是伯恩斯的一位朋友。

欧文·伯恩斯算是霍尔特较晚开始创作的一个系列,案件背景设定为20世纪初的伦敦,截至目前共计出版5本。

《混乱之王》(Le Roi du Désordre,1994):欧文·伯恩斯登场之作,挑战“雪地密室”的杰出作品。故事发生在维多利亚时代末期的伦敦乡下,每个圣诞节,曼斯菲尔德家族的成员就会有一人被“混乱之王”杀死。而死者周围的洁白雪地上,完全没有留下任何脚印……(吉林出版集团北京分公司2008年12月出版)

《犯罪七大奇迹》(Les 7 Merveilles du Crime,1997):疯狂的罪犯模仿古代世界七大建筑奇迹,逐一上演了惊世骇俗的罪行:暴风雨中无人接近的灯塔上,出现了被烧死的尸体;暖棚里的上校由于脱水而亡,但他触手可及之处却有一瓶清水;爵士被射杀,但箭矢唯一的可能是从天空射下的……这本书完全展现了霍尔特天马行空的想象力以及浓郁的浪漫主义文风。(吉林出版集团北京分公司2008年12月出版)

《赫拉克勒斯十二宗疑案》(Les 12 Crimes d'Hercule, 2001):1017年的伦敦,出现了一个狮子皮肤的连续杀人魔,他按照大力神赫拉克勒斯的行为方式进行犯罪。时隔百年后,伦敦出现一个名为赫拉克勒斯的男子,在肯特庄园悼念失踪的妻子。他与杀人魔有没有联系?死去的女孩又为何改名换姓出现在家中?家族长老封禁的"中国房间"里藏着什么秘密?本书谜团数量超过任何一本霍尔特的其他作品。(吉林出版集团北京分公司2009年出版)

《幻影小巷》(La Ruelle Fantôme,2005):卡拉肯街是一条险恶的小巷,传说有很多人在去过此处以后就神秘失踪了,拉夫·提埃尼就是其中之一。这条巷子里究竟潜伏着怎样的魔物,几个世纪以来不断地吞噬着生命?欧文·伯恩斯将面临严峻的挑战。

《荷鲁斯之巢》(La Chambre d'Horus,2007):19世纪初,一名考古学家在埃及发现了某座尘封已久的法老王陵墓。奇怪的是，虽然陵墓入口完好无损，可是里面的石棺盖板却没有盖好，灵柩内空空如也。大理石祭坛上放置着荷鲁斯（古代埃及的太阳神）的一个眼球和一份写着可怕预言的手稿。

一个世纪之后，有一队新的考察队来到此地，结果队员们仿佛都集体中了诅咒，纷纷死于各种不可思议的手法。远在伦敦的欧文·伯恩斯临危受命……

创 作

霍尔特的作品常常交织着温柔的浪漫与刺骨的悚然，这自然是年轻时代的阅读经历在创作中的投影。

每当被问及对自己影响最大的作家时，除了卡尔，霍尔特总不忘表达对克里斯蒂的敬爱。霍尔特深受这位推理小说女王的影响，不仅体现在编织情节方面，还有其中典型的英国气息。霍尔特曾说："她（指阿加莎·克里斯蒂）对我的影响太深刻了，以至于我的写作风格很难越出这个框架。"即使在一个阴森诡谲的故事之中，读者也能够见到鸟语花香的英式景致。通过构造强烈的场景反差，霍尔特笔下的危机感更加具有逼人的压迫性。

话说回来，虽然普遍认为对霍尔特影响最大的作家非卡尔莫属，但实际上卡尔更多地是在"不可能犯罪"的概念上主导了霍尔特，换句话说，因为有了卡尔的存在，霍尔特明确了创作的方向——我就是要写那种发生在上锁的房间里的案子。至于气氛渲染以及谜团设计,其实和另外两位英国作家颇有渊源,那就是詹姆斯·哈德利·契斯(James Hadley Chase)以及G.K.切斯特顿(G.K. Chesterton)。

詹姆斯·哈德利·契斯，英国作家，读完詹姆斯·凯因(James M. Cain)的《邮差总按两次铃》(The Postman Always Rings Twice,1934)后,决定自己尝试创作推理小说。他的作品风格非常阴暗,但悬念感极为出色,其中的英雄经常处于受追捕的状态。许多故事中,虽然“凶手是谁”从开篇就昭然若揭,但读者仍充满好奇,迫切地想要了解“接下来发生了什么”。同时,契斯的故事总是使用第一人称的方式叙述,霍尔特认为这有利于渲染焦虑的情绪,并在自己的某些作品中也采取了类似的方法,例如《血色迷雾》、《死亡书简》(La Lettre qui tue,1992)、《石巨人》(Le Géant de Pierre,1998)等等。

而G.K.切斯特顿对于霍尔特的影响更为重要。毫无疑问,切斯特顿是最早开始设计“神奇犯罪”或者说“不可能犯罪”的作者,密室之王卡尔亦表示常受其启发而获得灵感。但与卡尔不同的是,切斯特顿擅写短篇,且论情节之古怪、人物之诡异,比卡尔有过之而无不及。在这一类作品中,收录在《奇职怪业俱乐部》(The Club of Queer Trades,1905) 中的《布朗上校的奇遇》(The Tremendous Adventures of Major Brown)，被霍尔特誉为“一个难以逾越的杰作”。《死亡书简》、《第七重解答》(La Septième hypothèse,1991)、《赴死的

139级台阶》(à 139 pas de la mort，1988) 等作品比较明显地体现了霍尔特驾驭复杂情节的功力，敏锐的读者可以从中嗅到布朗神父短篇的味道。

在案件背景的设定上，霍尔特钟爱英国伦敦，这一点他绝对赞成卡尔的说法：“对于推理作者来说，伦敦是最好不过的背景。”歇洛克·福尔摩斯的出现，使得伦敦更加当仁不让地成为了诸多推理故事的舞台。可以用简单的几个词来形容这个特殊的环境：迷雾，四轮马车，路灯，昏暗而狭小的街道。当这些元素融进墨色的夜里，灵魂深处仿佛能够听到惴惴不安的鸣叫。

因为对案件本身有诸多限定，不可能犯罪可算是一种“狭隘”的推理小说，故而坚守阵地的代价便是要花费更多的脑力，思考如何不断地推陈出新。

每当想到了一个好主意，例如密室问题的诡计，霍尔特就仔细地写在纸上，然后把这些纸放在一个绿色的鞋盒子里。天长日久，就能够积累很多点子。在开始编织故事情节的时候，喜欢历史传说的霍尔特通常都以一个著名典故为蓝本：比如说开膛手杰克，魔术师胡迪尼的生平，大力神的传说，神秘的亚特兰蒂斯等等。他还尽量让小说中的人物贴近所选中的故事背景，以便营造最佳的神秘氛围，接下来再到绿盒子里去寻找最合适的诡计，将诡计与传说完美地糅合，辅以吸引人的情节，一部杰作便这样诞生了！

然而知易行难——一个故事可能只有50多页，但是要想完全解释清楚构思的过程，至少需要1000页纸。构造一个绝妙的谜题需要漫长的时间和艰苦的工作。

霍尔特的工作习惯是这样的：天明前的时间是他的最佳写作时间——也就是凌晨的四个小时。天还黑着，万籁俱寂，思路也很清晰；柚子汁，咖啡，面包片——开工了！

保温咖啡壶就在手边，这是保持清醒的良药。这样一直写到中午。吃过午饭之后，要进行一场远足，因为霍尔特认为散步最有利于思考。一边回忆已经完成的内容，一边在脑子里准备后续章节(这一点更为重要)。等回家的时候，大概下午四点，写一些笔记，总结散步思考的成果。然后，从事一些休闲活动，比如看电视、阅读，或者其他。晚饭后，继续考虑故事情节，并开始写一个新的章节，但是不会写太多，因为写作中最费力的部分就是：开始一个新的章节。这样一来，第二天早上就能够比较轻松地续写章节的剩余部分。

通常一本书会以一气呵成的方式被完成，持续不断，每天都写。故事一日没完，霍尔特就一日不得安心！

霍尔特曾经说过："要创作出好的作品，最重要的一点就是要醉心于故事。当然，根据常识，所有的激情都会随着时间慢慢消退，对于作者来说，最大的考验也许就在于保持住'神圣的热情'，如果没有热情，就不可能写出好的故事。"

20多年来，霍尔特对于"不可能犯罪"这种神奇故事的挚爱，令他在这块少人问津的创作领域踽踽独行却自得其乐。霍尔特的小说总是充满了各种不可能,但人生永远比小说更精彩,有梦想与爱,就没有不可能。

2008年 12 月 9 日

于上海

致中国读者的一封信

欧文·伯恩斯要去中国旅行了！这位受我偏爱的侦探真是太幸运了，这要感谢他的朋友吴非帮他实现了这次长途跋涉。

我对于中国最早的记忆是在我的童年时代。我翻看着《丁丁历险记》中的《蓝莲花》，从那个故事里，我发现了一个神奇的世界，满是异国情调和神秘色彩。唉，可是太遥远了！要知道，在六十年代初，到中国去旅行只能是一种梦想。

我的另一个梦想是写侦探小说，因为我一直对于神秘的东西感兴趣。很幸运的是，我这个梦想实现了：在九十年代末的时候，品位讲究的欧文·伯恩斯诞生了。在他所接手的案子中包括《赫拉克勒斯的十二宗疑案》。我是借着《蓝莲花》设计了这个谜题，我在梦中神游中国。您能够发现，在这个故事中经常出现的“蓝龙”是一个很重要因素，还有神秘的“中国房间”，在这个小说中还有很多神秘性的东西。不止十二个！十二项伟绩，十二桩惊人的谋杀。从表面上看，只有超自然的生物才有可能做到。比如说：凶手登上飞驰的火车去刺杀受害者！七只恶狗被砍了头，但是没有任何其他伤口，也没有被麻醉的迹象！三个兄弟被谋杀了，脊背都断了；只有从二十米以上的高空坠落才会造成这样的创伤，但是周围十英里之内都没有高过二十米的高点！……

这十二桩谋杀案是仿照著名的大力神（希腊神话中宙斯之子）的十二项伟绩所设计的。与此相似的是，在《犯罪七大奇迹》中，凶手受古代七大奇迹的启发设计了他的谋杀系列。其中，一个受害者是被从天而降的箭矢射中了！另外一个受害者在一个暖棚里渴死了，在他面前触手可及的地方有满满的一瓶水，而且他完全行动自由。

在《混乱之王》当中，故事和希腊神话没有什么关系。但是其中的凶手同样像是超自然的生物：多名目击者都说看到他在雪地上行走而没有留下脚印！

要知道，这些“犯罪天才们”给欧文·伯恩斯出了不少难题。他被迫使出浑身解数。同时，他也很欣赏那些案子，因为我们的大侦探特别喜欢那些复杂的诡计。他喜欢去破解那些看似魔法的谋杀案，那些“不可能的谋杀”（已故的约翰·狄克森·卡尔 John Dickson Carr 喜欢的那种）。您现在肯定已经熟悉这位伟大的作家了，因为吉林出版集团已经开始翻译他的精品了。我本人就是一个他的忠实的仰慕者，我也是贪婪地阅读他的著作之后才开始写我的第一部推理小说的。

我认为，是法国作家皮埃尔·维里(Pierre Véry)给侦探小说下了最好的定义，他把侦探小说比做写给成人的童话。您读侦探小说的时候会惊叹不已，就像孩子们听到一个童话故事一样！当您读到鬼魅一样的凶手穿过墙壁去接近受害者，您肯定会发抖！我的愿望就是能达到那样的效果。如果您在阅读的时候感受到我写作时的乐趣，哪怕是一半，我也会心满意足！祝您阅读愉快！

Paul Halter

保罗·霍尔特

序　言

"混乱之王是英国的一项古老的传统，是指在圣诞节期间扮演小丑的人。那是三四百年前的事情了，当时的圣诞节远比现在的风俗要'荒诞'得多。如果有大雪和冰冻，人们会很自然地联想到悲剧…"

保罗·赫尔特

究竟是什么决定性的因素会促使一位作者创造出一个新的人物？这个问题我们很难定量地解释清楚。我们比较清楚的是：当作者精心地准备好故事的主线之后，真正决定一部推理作品是否成功的因素是作品中的侦探的个性。正是这个原因促使作家们费尽心机，花样百出地创造与众不同的侦探形象。歇洛克·福尔摩斯，作为推理文学的鼻祖和国王，他就是一个很有个性的侦探。于是，他诞生之后就一直被无数的作家模仿、调侃、丑化、诋毁——我不需要一一列举了。后来出现了不少出身尊贵的侦探,有些是很有教养的,另外一些则是荒唐之徒;我们见过痴迷于兰花的侦探、盲人侦探、独臂侦探、残疾侦探、夜不能眠的侦探——他们发表着奇谈怪论、抑或胡言乱语…但是没有哪位作家想到创造一个像奥斯卡·王尔德那样的侦探形象。这位奥斯卡·王尔德才华横溢,作为英国维多利亚时期最具有代表性的人物而名垂青史。

现在,以王尔德为蓝本的侦探形象终于诞生了。在这本书中,欧文·伯恩斯出场了。他是一个脾气有点儿古怪的人,在画廊里欣赏艺术作品的时候顿首惊呼,喜欢故意出洋相——别人越是不知所措他越是开心。不过他也有严肃的时候,比如说当他遇到那些需要推理天赋的奇案。简单来说,普通公众认为他是一个让人哭笑不得的人物。

保罗·霍尔特好像故意要混淆他笔下的侦探和那位著名的剧作家王尔德,他所创造的欧文·伯恩斯'身材高大,体胖,饱满的嘴唇,厚重的眼皮。'他总是'威风凛凛的,毫不矫揉造作。'他刚一出场的时候就引人注目:橙色的呢子西装,配着蓝色的扣子;胖乎乎的手指捏着一支不太饱满的玫瑰花蕾…保罗·霍尔特显然很欣赏他所设计的人物和他的出场仪式——堪比一幅绘画精品。

当然了,在耀眼的明星旁边必须有一个合适的陪衬——一个类似'华生'的人物;一个简单的,但是不可或缺的人物;

他没有什么个性但在关键时刻总是适时地出现；他很天真，常常被案情搞得晕头转向，但是他有很敏锐的观察力，能够丝毫不差地报告每一个细节，每一个线索；根据他的叙述，我们的天才侦探就能够揭开谜底了。在这本书里，这个角色就是勇敢的阿齐勒·斯托克，他的形象来源于保罗·霍尔特的一个叔舅爷，他在上个世纪初背井离乡去了南非。

我们还是继续说说欧文·伯恩斯的个性吧，多么迷人的侦探啊！这个'唯美主义者，思想家，哲学家，诗人，作家'，他唯一关注的就是'纯粹艺术'，'他太讲究了，追求美感甚至到了狂热的境地'。他自称是托马斯·德·科因斯①的继任者，他声称：'粗俗绝对是一种罪过，但是反过来，犯罪决不会是粗俗。'

听到保罗·霍尔特的这个断言，您可能会认为是无稽之谈。但是，在保罗·霍尔特所创造的世界里，犯罪从来都不是粗俗的。在这本《混乱之王》当中，读者朋友们就可以欣赏到不同寻常的罪行。一个有两百多年历史的神秘的怪物——这个'混乱之王'一出世就四处散播恐惧。他能够迅速移动而不触及地面；伴随着凄惨的狂风的嗥叫，他戴着苍白的面具，扇动斗篷像猛禽一样掠过；只留下一阵隐约的铃铛声…

---

① Thomas de Quincey (August 15, 1785 – December 8, 1859) was an English author and intellectual, best known for his book Confessions of an English Opium-Eater (1822).

‘越是难以置信的事情，我越是愿意相信。’欧文·伯恩斯总是喜欢这么说。他经常起劲儿地引用这些格言警句，惹得和他一起办案的人心烦意乱（真不知道他们和欧文一起办案算是幸运还是倒霉）。他还有一个习惯，就是喜欢相信那些别人都拒绝承认的事实，比如说大家都认为不可能发生的现象。

‘圣诞节谋杀系列’最开始是典型的英国时尚，在法国也慢慢地流行起来了。经过[1]简·皮埃尔·克罗克特的精心选择，每年都会出版一本系列文集。《混乱之王》出现在阿瑟·柯南·道尔和奥斯卡·王尔德的作品中间，和乔瑟夫·雪利登·拉·芬努[2]的作品以及查尔斯·狄更斯的《雾都孤儿》紧密联系在一起。这些都是每个时代的代表作，是各种潮流交汇的地方：万能的精神力量和美丽的魔力，追求神秘感的潮流和日常的奇思怪想。有这么多美妙的导师，一个作家还能有什么怨言？

现在，读者朋友们，竖起你们的耳朵！（你们没有听过这句名言吗？这是著名的哲人[3]卡爾·古斯塔夫·榮格的名

---

① Jean-Pierre Croquet, né le 23 juin 1948 à Saint-Quentin dans l'Aisne est scénariste de bandes dessinées, novelliste, anthologiste, professeur de Lettres Modernes à Ronchin, (près de Lille), membre de l'Oulipopo.

② 乔瑟夫·雪利登·拉·芬努(Joseph Sheridan Le Fanu, 1814 — 1873)，爱尔兰恐怖小说作家。他的短篇小说代表作有：《绿茶》、《女吸血鬼卡蜜拉》。

③ 卡爾·古斯塔夫·榮格(Carl Gustav Jung, 1875 年 7 月 26 日—1961 年 6 月 6 日)，瑞士著名心理學家，也是個精神科醫生。他是分析心理學的始創者。

言——在字典里可找不到这句话。)他创建的新学科所要研究的课题就是:过度的巧合似乎统治着我们这个世界。说到这个问题,我认为自己有责任提醒各位,这个故事的第一句话就是“生活中尽是巧合”。他没有想到的是,他真的说中了…在1993年,他动笔写第一部小说的时候,在大西洋的另一端有一群电影工作者正在拍摄一部出色的电影——《惊声尖叫》[1],一部创造全新风格的电影。那部电影的导演,韦斯·克雷文[2]成为了恐怖电影的新领袖。在那个令人惊恐的电影里,究竟有什么可怕的怪物?一个怪模怪样的家伙戴着一个惨白的、变形的面具。对于那个时代的年轻人来说,那个面具就代表了他们面对未知事物的恐惧。这等于是一个美国版的‘混乱之王’。是什么促使这些作者同时创造出了类似的人物,这种巧合值得深思…

到目前为止,保罗·霍尔特并没有让这位伟大的艺术家侦探太操劳:他只有出现在两部长篇小说和两部短篇小说中。很显然,这个唯美主义者不会轻易接手案子;除非是非常复杂的案子,是由出色的罪犯所犯下的罪行。而且,他很清楚,欧文·伯恩斯一出场就必须引人入胜——“就像一种调味品,给乏味的日常生活带来美味。”这位新的‘托马斯·德·科因斯’深知谋杀是一项人类酷爱的运动,他一心想要摒弃谋

① Scream, 1996

② Wes Craven

杀当中的丑陋和污秽。他害怕读者们忘记了谋杀中应有的优雅和精巧的风格。现在是二十世纪,那又怎么样?当代作品里极尽夸张之能事,而且常常品味低下;这让人不由得怀念起维多利亚时代。至少那时的谋杀更有魅力。

目 录

目 录

01

死神的铃声

“生活中尽是巧合。这句话很巧妙，非常适合展开一个绝妙的故事！”

欧文·伯恩斯的戏剧《还是当阿齐·波尔比较好》就是用这句话作为开场白。这出戏剧让伦敦的观众们忍不住落泪——是喜悦的泪水还是痛苦的泪水？这是几年前的事情了，那部作品引起了不少的争议(其实作者的主要目的就是要引起争议)。我借用了欧文的这句话，就是为了让那些不熟悉欧文·伯恩斯的朋友们对他有一个粗略的了解。另一方面，这句话和几年前我所目睹的怪事(也就是我现在打算叙述的内容)息息相关。

我毫不犹豫地放弃了按照时间顺序叙述的方法，而是按照我对于案情了解的顺序来介绍。这样一来，亲爱的读者朋友，您就能够深切地体会到我当时所感受到的迷茫、焦虑、担忧、和恐惧。我当时只是一个二十多岁的年轻人,对于谋杀案还毫无经验;这个奇案对我的震撼可想而知。当然了,欧文那时也是二十多岁。

生活中尽是巧合,我刚才已经说过了。我和欧文相识的过程就充分证明了这一点。我和欧文相遇的时间比案件的主要情节早大概一年。我们的相遇是一个很重要的事件;而且我们很快又相遇了。这不仅再次证明了'生活中尽是巧合'的说法,而且也是这个凄惨的故事的真正的开端。

我第一次见到欧文是在十九世纪的最后一个圣诞节前两天的下午。在伦敦的主要街道上挤满了兴奋的人群,他们欢快地在融化的雪水中行走着,他们挤到商店的橱窗跟前去欣赏里面漂亮的圣诞装饰。在橱窗里,冬青树和雪白的花边装饰把琳琅满目的商品衬托得更加耀眼,牢牢地吸引住了看热闹的人们。至于我,我则是兴致盎然地观察着我的同胞们,我和他们一样开心,甚至比他们更兴奋。

十五天之前,我乘船到达了朴茨茅斯。我离开了南非——一个美丽的国度;我的父母永久地留在了那里。他们在一年前的火车事故中丧生了,那是发生在开普省的惨剧。我的父亲是开普省的高级行政职员,他不仅工作出色还善于理财;所以我现在不用为经济担忧,可以从容地谋划我的未来。我为什么选择回到英国?为了忘记让我心痛的记忆?这当然是一个原因,但是并不是唯一的原因。

很久以来，我都认为自己天生有艺术细胞。我能够感觉到内心中强烈的欲望，可是那种感觉是模糊不清的，我始终无法确定自己的天分应该用在哪一种艺术形式上。于是我尝试了各种艺术领域：文学、音乐、建筑学、绘画。我很快明白了一点：我必须找到属于自己的‘艺术道路’，而且通向我的‘艺术’的道路决不会在南非——而是在伦敦，巴黎，或者罗马这样的城市里。于是，到达英国之后十几天里，我都在伦敦的街头闲逛。我不断地寻找着自己的未来，寻找属于我的那个难以捉摸的‘艺术’形式。我完全没有想到的是，我找到一个讲究‘纯粹艺术’的人，而且我们成了好朋友。

应该怎样形容欧文·伯恩斯呢？我永远忘不了他给我留下的第一印象：他用胖乎乎的手指捏着一支不太饱满的玫瑰花蕾；他身材高大，体胖，饱满的嘴唇，厚重的眼皮；他总是威风凛凛的，毫不矫揉造作，很讨人喜欢。他的眼神里常常带着一点儿忧伤，但是这并不能掩盖那双眼睛里悄悄闪烁着的聪慧的光芒。他穿着一身橙色的呢子西装，在人群中很显眼；西服的后面还有一个蓝色的扣子，非常引人注目。

“您要这支？”卖花的姑娘用好奇的眼神打量着他，还有他递过来的那支花。“我不想影响你的选择，先生。不过，如果您只是选一支的话，我建议您另选一支。价钱都是一样的，您手上拿的这支，说实话…”

“我说的不是‘这支’，我说的是‘这些’。”欧文纠正说，他抑扬顿挫地把每一个音节念得清清楚楚[1]。"我手上拿的这支是我不打算要的。"

卖花姑娘哑口无言地站在那里,完全搞懵了。然后她结结巴巴地说:

"我不明白您的意思,先生…"

"这支花,"他把那支花举到了可怜的姑娘的鼻子下面,"我不要这支花。"

"我…我完全不明白您的意思…"

欧文缓慢地环视了一下周围,他的眼光最后落到了我的身上:

"我在使用这个国家通行的语言,不是吗?这位先生,您觉得我说得不够标准吗?我认为我的话再清楚不过了:我手上拿着的这支花是我不打算买的花;也就是说我要买其它的花,剩下的花我都要了。"

年轻的卖花姑娘惊愕地转了一下的大眼睛,仓皇地扫视了一下她所有的商品。欧文一直在用询问的眼神看着我,我只好机械地回答说:

"嗯,当然,您说得很清楚,非常清楚…您打算都买下来,除了这一支。"

这时候已经有不少人聚拢在卖花的摊位前面,他们和我一样对这个插曲感到好奇。很显然,这位阔绰的买主很难带

---

① 法语中'这个'和'这些'的发音很接近。

走所有的花。不过，让我吃惊的事情还远没有结束。

带着潇洒的派头，欧文从上衣口袋里掏出一沓钞票；他把钞票放到柜台上，就放在那个目瞪口呆的卖花女郎的面前，然后用满不在乎而戏谑的口气说：

"我想这些应该足够了。我请您把这些花送给简·巴克尔小姐。她住在贝勒特然姆酒店[①]，就说是欧文·波尔斯先生的敬意。"

卖花姑娘已经一个字也说不出了，她点了点头表示遵命。这位买花人又转头对我说：

"这些玫瑰真的很漂亮，对吗？我跑遍了伦敦，就是为了找到这个季节最漂亮的玫瑰。"

"先生，这是暖房里种出来的。"卖花女郎骄傲地说。她已经开始麻利地把花包成一个豪华的大花束。

买花人毫不迟疑地转过身，招呼一辆正好开过来的出租马车。等车夫把车停稳，他就用洪亮的声音喊道：

"去里根街[②]的格力商店！快，我赶时间！"

马车夫愣了几秒钟，表情和刚才的卖花姑娘一样惊愕。这个时候，周围已经聚集了很多的围观者，大家都想看看这个奇人的古怪行径。他们脸上的表情也和那个马车夫一样。

马车夫扭过头，朝街的对面看了一样。在一家商店的橱

① Beltram Hotel

② Regent Street

窗上方,在赭红色的底色上是几个漂亮的、鲜红的大字——‘格力’。

马车夫又转头看着他的乘客,他皱着眉头说:

“里根街的格力商店？您是这么说的吗？”

“当然,我想我刚才就是这么说的…”

马车夫用大拇指朝商店的方向一指:

“那家商店就在对面,您难道不知道？”

“嘿,怎么这么多问题!”欧文·伯恩斯喊了起来,“我当然知道我要去的地方!我可从来不让马车送我去没有名气的地方！”

“可是,既然您赶时间…”

“您知道我赶时间,对吗?那还磨蹭什么?告诉我,您到底送不送我去那家商店！我可耽误不起时间,真见鬼！”

马车夫放弃了争辩,仰头望天了。欧文摆足了架子,气哼哼地钻进了马车。他刚一坐好,马车夫就扬起了鞭子。我和周围的一大群人都盯着那辆马车,我们看着马车跑到最近的十字路头,调了头,然后又停到了我们的跟前——不过这一次是在马路的另一侧。我看着欧文·伯恩斯走进了商店,心想这下子没有什么看头了。我完全猜错了:刚过了一分钟,商店的门被猛地推开了;一个商店的员工扯着嗓子问周围有没有医生——有一个人刚刚晕倒了。一大群人都拥到了格力商店的门口,我也跟了过去。躺在商店里不省人事的正是欧文·伯恩斯，这并没有出乎我的意料。但是他醒过来之后说的话还是让我大吃一惊。他周围的人都在用关切的目光看着他，大家都焦急地等着他开口说话。“老天爷，真可怕！这家商店里的装饰如此糟糕…我的眼睛实在受不了了。赶紧把我弄出去，快！”

在此我要声明一下，格力商店的内部装饰虽然算不上精美，但绝对是得体的。这个欧文·伯恩斯在捣什么鬼？难道他真的讲求美感到了如此挑剔的程度，以至于一点点不协调都会让他昏厥过去？我竖起了耳朵，围观者正在议论纷纷：“这肯定是从牛津来，想要哗众取宠，仅此而已…”

“您说什么，诗人？一个疯子，对！”

“诗人和疯子都差不多，不是吗？”

“我认出来了！我们上次在皮卡迪里广场[①]上见过他。他一边走一边欣赏一根含羞草！”

“…他差点儿引起一场交通事故。有一束花将要被公共马车的轮子碾到了，他就扑过去抢救…”

“他钟情于那个美国女演员，简·巴克尔。这并不奇怪：他和那个女演员一样——没教养！”

“这是一个疯子！”

---

① 皮卡迪里廣場(Piccadilly Circus)，倫敦最有名的圓形廣場，興建於1892年，早期是英國零售商店所在地，今日為英國倫敦市中心購物街道的圓心點，有五條主要道路交錯於此。

“真是世风日下！”

下午的时候，我几乎忘记那个欧文·伯恩斯了。我从伦敦市中心地区一家高雅的茶馆走了出来，精神振奋，还想继续闲逛一阵。我决定远离那些装饰豪华的橱窗，而是去比较朴素的街区。

慢慢地，街道两旁不再是气派的房子；高大的石头墙面变成了普通的砖墙；砖石的红色也越来越灰暗。但是这些都没有影响到街上热烈的圣诞节的气氛，这里的欢快之情甚至比高档街区更浓、更热烈。也许是因为这里的欢乐更单纯，更自然吧。这里的孩子们毫无顾忌地玩耍着，欢笑着；完全是最纯朴的欢乐。夜幕降临了，煤气灯刚刚被点亮。闪烁不定的灯光给商店里陈列的商品都套上了一圈金色的光晕。冬青树的叶子闪闪发光，橙子所搭成的金字塔似乎也在发光。尽管喝下午茶的时候我已经吃过一些点心了，我还是无法抗拒卷边苹果酱饼的诱惑。那些美味的苹果酱饼就摆放在一个很普通的小店铺的正门口。这家小玩具店里的商品和店铺本身一样普通，花里胡哨的洋娃娃和木马的做工都很粗糙。但是那些孩子们都把脸贴在窗户上，贪婪地望着那些简陋的玩具。我下午在市中心的时候，也看到很多贪婪的眼神，但是都没法和这些孩子们的眼神相提并论。

然而，真正让我惊叹的是远处的一个男孩子的眼神。他还是个小孩子，一个人痴呆呆地站在一家禽食店的门口。禽食店的老板正在从三层的架子上撤下他挂在那里的商品。那个孩子的衣着倒还得体,但是他头上那顶黑色的旧帽子说明了他的出境——那顶帽子太大了。他死盯着一只鹅,真正的大肥鹅,我都怀疑他能否拿得动那只鹅。等商人把那只鹅摘了下来,我问了价钱,把鹅买了下来。那个男孩的悲伤失望可想而知。然而,等我把那只鹅送到他的手上,他一瞬间就变成了难以置信的喜悦。我祝他圣诞快乐。他肯定是怕我改变主意,立刻扭头跑掉了。不过在走之前,他把那顶黑色的旧帽子送给了我。我接受了他的礼物,因为我知道如果拒绝的话他会很伤心。

我又继续散步,怡然自得。我为自己的慷慨之举而感到得意。我在心里暗自感慨:也许我买那只鹅并不是完全的善心,而是要欣赏那个男孩眼睛里的狂喜之情。我一边思索着,一边继续往街区深处走去。两旁的房屋越来越破败了。积雪覆盖在房顶、窗户边缘上、以及建筑的突出部上面反射出闪闪的白光;而成排的阴暗的房子都是破败的墙壁,日落之后更显得阴森可怖。这两种景观在同一个画面里,形成了近乎残酷的对照。但是这里并不缺乏活力:闲聊的声音,零星的对话,还有笑声。这里的语调很特殊——更粗俗,更沉重,或者更激烈,然而都不乏欢乐。突然,一种尖锐而欢快的调子勾起了我的童年回忆。我心头一热,随即循声找到了那个声音的源头——一个男人正在不知疲倦地摇动自动风琴的手柄。他的大礼帽已经失去光泽了，但是他还保持着风度；他的眼睛明亮而粗野，又不失庄重。他的伙伴也让我很好奇：一只小猴子蹲在自动风琴的上面，它头戴着一顶两角帽，目光炯炯地凝视着路上的行人。它可是一只骄傲的猴子。

我站在那里，愣愣地看着的五颜六色的人群从自动风琴前面经过，他所演奏的耳熟能详的乐曲淹没在了人潮中。突然，我的背后有一个熟悉的声音：

“您好像很喜欢这个景观，我也是。这多么动人…”

我转过身，立刻认出了说话的人——他就是那个行为古怪、引人注目的欧文·伯恩斯。他已经换掉了那身显眼的橙色西服，现在他穿着一身便装：上身是格子外套，头上戴着鸭舌帽。尽管这身打扮很普通，穿在他身上还是很引人注目。

“动人的场景…”我重复着欧文的话。我感到惊诧又有点儿狼狈。“我认为不一定…”

“我今天下午在花店门前见到的就是您吧？我的记性很好，我不会忘记别人的面孔。”

我点头承认。自我介绍之后，我引用了一句毫无创意的老话：

“生活中尽是巧合…”

他盯着我说：

“您刚才说的这句话很恰当。您是一位艺术家，是吗？”

我几乎无言以对。

“可以这么说…但是您怎么…”

“导师总是能够辨别出有天分的学生。这里比我们的首都的任何地方都更有激情，更有诗意，不是吗？您不是正在这么想吗？”

欧文·伯恩斯发表了这番不同寻常的开场白之后，他就把发言权让给了我。真奇怪，我毫无困难地向他和盘托出了盘旋在我心头的烦恼——就像他诊断的那样是和艺术相关。我开始慢慢地介绍我的情况，我注意到他在非常专注地听我的故事。他不时地发出感叹，而且脸上的表情也在表示赞同；他的态度鼓励我继续讲下去。很显然，这是一个非常有独创性，富有同情心，而且思维敏锐的人。他满怀自信的态度让我很振奋，把我这些天在伦敦的忧郁之情一扫而光。突然，欧文发话了，打断了我的思路。他的话让我再一次怀疑他的神志是否正常：

“我不知道您的真正的艺术道路是什么。不过，我认为在某种程度上，您现在已经找到了。因为‘艺术’现在就在您的眼前。天啊！”他突然又惊叫起来，好像是被雷电劈中了一样。“最美丽动人的美国女郎正在等着我赴晚宴！我要迟到了！”

在大步地离去之前，他把一张卡片塞到我的手上说：

“您来找我吧，什么时候都行。我们可以继续这段富有建设性的对话！”

我站在那里，目送着他消失在街角。我的心里在不停地捉摸着这个欧文·伯恩斯，可是无法给这个人的品行下一个定论。算了,时候不早了,我决定往回走了。天空中又开始飘落些许雪花,我顺手戴上了那个男孩送给我的帽子。我暗想:即便我戴上这顶帽子也不会像欧文·伯恩斯那么显眼。我转过一个街角,一个雪球飞了过来,正中我的面门。我看到两个淘气鬼飞快地跑开了。我根本不打算追上去叱责他们,反倒想要发笑；这个小插曲算是给滑稽的一天画上了完满的句号。我甚至都没有急于抹干净我的脸。这时候,我看到了她…

一匹小马拉着一辆流动摊贩的小车正好从我面前经过。马身上披着缎带,还有铃铛不停地叮当作响。我站在一个十字路口附近,头顶上就是一盏煤气灯。她正好转过街角,就站在街灯所形成的锥形光环下面。我从来没有见过这么迷人的面庞:她有一头黑色的卷发,红润的嘴唇,脸颊像珍珠一样白嫩,近乎透明;她的身材很苗条,举止优雅,让人恋爱;她的头上戴着一顶小帽子,上面装饰着娇嫩而精致的花朵,和她的脸庞很相配。有三四秒钟的时间,我们就站在那里默不作声地相互打量着。然后,突然间,她的脸上现出了惊恐的表情。她撕心裂肺地尖叫了一声,转身朝她来的方向跑了起来。

真是见鬼了!难道是我把她吓成这个样子?我决不相信,我必须搞清楚原因。我追了过去。她好像很害怕我,害得我费了好大的劲儿才抓住她。在猛跑的过程中我的帽子掉了,不过我根本不在乎。我用双手牢牢地抓住那只可爱的‘小鸟’,

尽力地让她平静下来：

“别这样，冷静一下！我不想伤害您！”

她仍然颤抖着，但是她的恐惧渐渐消退了。她看着我的脸，好像是得到了一点儿安慰。她结结巴巴地说了几个不连贯的词：

“白色的面具…死神的铃声…我以为是他…”

我听不清楚她后面的话，但是我猜她说的是‘混乱’和‘国王’。

“小姐，求您了，如果您遇到了什么危险，请告诉我！”

在那一瞬间，我们的眼睛相对着。我从她的眼神里看到了强烈的悲痛——让我感到震惊的悲痛之情。

“帮帮我…”她小声说。

不过她很快就恢复了理智，她的声音又变得冷静而客气：

“很抱歉，先生。我刚才干了一件蠢事。”

她又含糊不清地说了几句道歉的话，然后她就快步走开了。我想要跟着她，但是刚才她的态度转变得如此突然，而且她道别的态度很坚决，使我打消了跟踪的念头。我能够清楚地感觉到在这个可爱的年轻女孩子的身上有一个可怕的秘密。我在心里做了各种各样的猜测。但是我完全没有想到第二年又见到了她，而且是和她一起目睹了最离奇的谋杀案！

02

有人给我安排了一项奇怪的任务

我的祖父是阿齐勒·斯托克，他中等身材，年轻的时候很健壮。他有一张方方正正的脸，浓密的棕色头发泛着赤褐色的光芒。他很健康而且精力旺盛，在他的脑子里有无数的计划。可是，唉！他总是犹豫不决，结果他的计划没有一项能够真正获得成功。他最后死在了他的出生地——位于苏格兰的[①]爱丁堡。说起来，他唯一成功的(也是他唯一擅长的)事情就是养育了我的父亲，指导了他的教育和成长。

亲爱的读者朋友，请不要担心；我不会用的家族史来烦扰您。我提及我的祖先只是为了避免描述我自己的相貌。实际上我和祖父很相像，不仅是外貌上，连脾气秉性也很接近，而且我沿用了他的名字。上一章我讲到了在伦敦的一段奇

① 爱丁堡(英语:Edinburgh，或苏格兰盖尔语:Dùn Éideann，中文译为:但尼丁)，是英国苏格兰的首府，也是续格拉斯哥后苏格兰的第二大城市。

遇;在那之后的一段时间里,我就逗留在祖父的出生地作为一个过渡。我的一个朋友(不是欧文·伯恩斯,不过是通过他介绍认识的)鼓动我和他一起搞画展,目的是推介一个爱丁堡的画家。我猜是'爱丁堡'这几个字最终让我动了心,我同意了。我的朋友非常热心地进行筹划,由我提供资金搞了几次画展。画展受到了短暂的关注但是并不算很成功,我将将收回了成本。这一段插曲和我要叙述的案子也没有太大的关系,我只是想告诉您:那段时间里,我在英国各地奔波;因为很少在伦敦逗留,也就很少见到欧文。直到第二年的圣诞节前,我才回到了伦敦。

在我开始东跑西颠之前,我和欧文只是见过几次面。我们还算不上是亲密的朋友。回到伦敦之后,我去圣·杰姆广场[①]他的公寓里探望他。那天晚上,他见到我的时候显得特别的开心。实际上,我写这个笔记就是因为那次见面。不过,在介绍这次见面之前,我觉得有必要说两句题外话——关于欧文的个性。要知道,他总是做一些让人惊诧的事情(以后也会如此),即使是熟悉他的人也常常会被他的所作所为惊呆。他的言行总是很巧妙而富有创意;在短短的几个月里,他已经成了一个知名人物。甚至伦敦以外的人都听说了他的'事迹'。我在苏格兰的报纸上看到了一些关于他的故事,我一年前所亲眼目睹的事情只是他的奇闻轶事一个开端。

① St. James's Square

他自称是唯美主义者、思想家、哲学家、诗人、作家——我不一一列举了；按照他的说法他唯一关注的就是‘纯粹的艺术’。他对于艺术的追求如此之苛刻，甚至到了荒谬的地步。不管在哪儿，他都会漫不经心地抛出格言警句和连珠的妙语。他的话有时让人发笑，有时让人震惊，但是通常都很受欢迎。英国的‘绅士’们很欣赏欧文的别出心裁，因此各种沙龙和晚会都欢迎他——因为只要他在场就会活跃气氛、让宾朋意兴盎然。在某一次聚会当中，参与者包括苏格兰场的几位高级官员。欧文当众宣布说：“粗俗绝对是一种罪过，但是反过来，犯罪决不会是粗俗的。”当然没有人特意和他辩驳这个话题。欧文·伯恩斯信誓旦旦地说：有时候可以把犯罪看作是一件艺术作品，而罪犯就是艺术家。然后他又声称能够解决任何无法解释的案子，因为他是一个艺术家——一个艺术家总是能够很轻易地理解和感受犯罪艺术家的作品。当然，前提是犯罪艺术家的作品必须是出众的犯罪。他自称亲自实践过破解奇案，不过伦敦警察局对这种事情通常是不作评论的。说实话，我对于欧文的说法并不感到惊讶，因为我注意到他具有超常敏锐的洞察力。有一次，我们讨论伊索[①]寓言中的推理、以及伊索对于悖论和分析的热情；他竟然通过推理猜到了我心底的想法并且大声地说了

① 伊索（希臘文：A?σωπο?；拉丁字母轉寫：Aísôpos），相傳為《伊索寓言》的作者，生平不詳，甚至難以肯定是否真有其人。

出来。他的这一手确实给我留下了深刻的印象。

我刚才说过了,那天晚上,欧文非常热情地接待了我。刚一开始,我被他的热情所感动了;我可不知道他的热情背后另有诡计。他穿了一件深蓝色的缎子便装,衣服上绣着金色的阿拉伯图案。

“我亲爱的阿齐勒。”他帮我脱掉了雨衣,接过我的圆礼帽。“我又见到你真是开心极了。来,坐下。我们可以尽情地沉醉在闲暇的乐趣当中。闲暇是智慧之母,您大概不知道这句格言吧。您和我一起喝点儿威士忌怎么样?”

“现在喝威士忌还有点儿早…”

“没关系,别那么较真儿。我知道您很有定力,但是您肯定无法拒绝诱人的威士忌。”

他去准备威士忌的时候,我环顾了一下他的客厅。房间的主人性格多变,所以我也下意识地认为房间该有点儿变化;但是实际上房间里并没有大的变化。如果要仔细地描述房间里的装饰,那会占据太多的篇幅;因为他的客厅里摆放着各种各样的东西。不过我必须提一下他的珍贵的中国瓷器。如果某一天欧文看到我的笔记发现我介绍他的客厅而忽略了他的瓷器,哈,他可不会原谅我的疏忽,对他来说那等于是对圣物的亵渎。

他回到了客厅,给两个杯子都倒上威士忌。他递给我一只雪茄,给自己点上一只,然后就舒舒服服地坐到我对面的扶手椅里。

“好了。阿齐勒。现在给我讲讲您的故事!我还记得一年前您向我描述过您的感受:您有强烈的预感和动力,但就是还摸不清楚方向。说说看,您最后找到那个神秘的‘艺术道路’了吗?”

于是我向他介绍那个不算成功的画展。

他很专注地听我叙述,然后不屑一顾地评价我的伙伴:

“奥斯卡是一个笨蛋。他只有吃早饭的时候头脑清醒。我当时应该提醒您和那个俗人合作不会成功的。不过您并不是白费劲儿。”他又给我添上了威士忌,他接着说:“您真的无法想像我看到您之后的喜悦之情…我在这个阴沉沉的城市里真的呆腻了,到处都是思维迟钝的市井之徒,唯一的安慰就是感到自己的才智远在那些愚钝的家伙之上。我们还是接着说您的事情吧,您的故事更有趣。”

于是,我继续介绍我在英国四处闲逛的故事。欧文好像很喜欢我的叙述,对于我的故事表现出了很高的热情。他的殷勤态度让我感到有点儿意外——我刚才说过了,我们之前只是简短地见过几次面,并不算密友。

我说完之后, 欧文慢慢地点着头说:“我真羡慕您的经历。您积累了丰富的人生体验。您的精神状态很好,这让您的气质更迷人了…我相信,这段经历对您是很有益处的,您并没有浪费时光。”他的眼睛专注地追随着盘旋而上的青烟,语气很严肃。“您知道吗?阿齐勒,我总是把您比作一头猛兽,一个需要广阔空间的野兽;您的舞台必须很宽广…您天生就有冒险的精神,敢于面对挑战…”

“哦,您说着了。确实如此。”我天真地回答说,“您知道,在南非…”

“您在南非呆过?啊,确实如此,您以前告诉过我。我竟然忘了！很好,很好！”

“您想说什么很好?”

“没什么,没什么。那么说您喜欢冒险,喜欢异国情调,喜欢神秘的奇遇…”

他到底想干什么?我心里直犯嘀咕。

他又用平静的语气说:

“顺便问一句,您最近没有什么要履行的合约吧?您现在完全行动自由,是吗?自由,嗯,可以自由地、全身心地投入到艺术当中…”

他吸着雪茄,但是他的眼睛完全避开了我的视线。我觉得他焦虑不安,似乎正在费心地盘算什么事情。我等着他继续发话。他突然站了起来,好像是被弹簧弹了起来:

“阿齐勒,我有一个提议！我建议您休息一些日子,比如说两个星期。您可以利用这段时间完善您的观察能力,这样也能提高您对于艺术的鉴赏力。另外,这段时间里还会有小小的危险作为调剂,还会有些许谜团…简单说吧,正是您所急需的。您觉得怎么样？”

我很惊讶。沉默了一会儿之后，我请求他说清楚细节。他低着头，在房间里走来走去，急急忙忙地说：

“您大概知道吧，当警方遇到难题的时候，我有时会给他们帮忙。最开始只是一个愚蠢的赌约…说这些没有什么意思。您能够想像到后来发生的事情。我偶尔会运用我的审美能力帮助警方…口耳相传的结果就是有人找上门来恳求我帮忙。都是一些无聊的事情，丢失的珠宝等等。但是有一天…”

欧文突然停下了脚步，站到了他的瓷器跟前。他用一根手指小心翼翼地抚摸着一件瓷器。他再次开口的时候语调变了：

“我请求您做是很棘手的事情，这是一个真正不同寻常的案子。这个案子需要细致的工作，需要特别敏锐的观察力…”

“我不明白！如果您闲暇的时候打算扮演侦探的角色，这和我有什么关系…”

“别急，”他打断了我的话，“实际上我现在正在忙于…哦！算了吧，找一个借口有什么意义呢！”他走回我的面前，“阿齐勒，您知道爱情是什么吗？我深深地爱着一个人，就像我爱艺术一样深切。五天之后她就要离开英国了，没有什么能够让我放弃这珍贵的最后的几天！”(他的语气真挚，非常动情)“阿齐勒…如果您见过她,您就会明白…”

“我看明白了。”

“哦！您见过她了？”

“她？我没有见过。我是说我明白您的意图了。[1]您想让我替代您的位置？”

“阿齐勒,您真是帮了我的大忙。”

“我还没有答应呢。您最好先向我透露一些细节…”

他又开始低着头在房间里踱步了。

“就像我刚才说过的,”他最后终于开口了。“这是一个很奇特的案子,需要特别小心。我希望您能够不带任何偏见地深入到那个地方,您需要融入到他们当中。您要用中立的态度来进行观察;您需要仔细观察每个人的言行,不能放过任何细节。您要清晰而准确地把所有的信息都记录在您的头脑里,然后您复述给我。这样我就能够有身临其境的感觉…可以说,您就是我的眼睛和耳朵。您明白我的要求了吗？“

”我很清楚您的意思。“我冷冷地回答说。

“几天之后,我们可以秘密地碰头。您向我汇报在那里发生的事情。然后我会向您仔细介绍案情…”

“如果我没有理解错的话，您打算派我去一个陌生的地方,和陌生的人住在一起？”

欧文很简要向我介绍了一下环境和主要人物。在伦敦郊

---

① 在法语中动词voir既可以表示看见也可以表示理解、明白。

区的一个小村子里有一位查尔斯·曼斯菲尔德，他拥有一栋大房子。他有两个女儿：达菲内和斯比勒。斯比勒是年长的女儿，她很快就要嫁给她的父亲的一个朋友——萨姆勒·匹国特先生。这位匹国特先生是一个富有的批发商，他有一个妹妹——卡特琳娜·匹国特小姐；他还有一个合伙人——埃德格·佛布先生。这三位每年都在曼斯菲尔德家过圣诞节，已经成了一种习俗。

我问他是否要作为一个侦探出场，他举起双手喊了起来：

“千万别这样！啊！我忘了说了…”

欧文的脸色阴沉了下来，他向我解释说他和女委托人已经商量好了一个特殊的计划。为了不引起怀疑，他(现在换成我了)将会假扮成女委托人的未婚夫。

“哦，我承认这件事情确实有点儿意思。不过，他的两个女儿当中，谁是您的委托人？达菲内还是斯比勒？”

“既不是达菲内也不是斯比勒。我的委托人是匹国特先生的妹妹，她为兄长担忧…”欧文朝我做了个鬼脸，他故意压低了声音说：“她快四十岁了，算不上漂亮。不过她的容貌并不重要…”

“她很丑？”

他清了清嗓子，然后说：

“这么说可有点儿过分…不过呢，如果您经常去拜访她，您就会深受别人的尊重…一个不受上天眷顾的女人。”

哪个神志清醒的男人会接受这种提议？我从来没有见过谁愿意干这种事情。只有我这么一个例外，我那天晚上中了欧文的圈套了。为了让我上钩，他使出各种花言巧语。最后，奇遇的诱惑占了上风。

我们最后商定了。他看了一眼座钟，猛地跳了起来：

“天啊，她马上就要来了！阿齐勒，快，赶紧走！”

“是美丽的匹国特小姐吗？”我咬牙切齿地问。

“当然不是！哦，我发现您又找回了幽默感！现在，别磨蹭了！我明天会给您写个便条，给您具体的指示。做好准备，您应该明天下午出发。”

他把我送到了门口的台阶上，他友好地把手搭在我的肩膀上。那一年的冬天特别的冷，但是让我颤抖的并不是夜间寒冷的天气。

“啊！我忘了说了。”他用郑重地口气对我说，“这项差事可能会有危险。如果在晚上您看到一个毫无血色的面孔，也可能是白色的面具，如果听到铃铛的声音；您一定要特别当心。可能会有生命危险。”

03

雪地里的身影

第二天，伦敦的天空不停地飘着雪花。到下午茶的时候，雪停了，刺骨的寒冷。我站在[①]罗素广场的一角上，手上提着旅行袋。我和周围的行人一样被冻得发僵，于是不断跺着脚。按照欧文的字条上的指示，我在这里等‘车夫接我’。

我说是‘字条’而不是‘信’。两个小时之前他派人送来的信上只有寥寥几行字，我只能把它称作‘字条’。欧文真是太过分了；事情如此重大，他竟然不肯多写几个字。在字条上，他差不多是重复了昨天晚上他介绍过的内容。他只添加了一点儿新的内容，是关于卡特琳娜·匹国特小姐，以及‘我们之间的关系’。在字条上，他用调侃的口气写道：“至于您的未婚妻，我亲爱的阿齐勒，别担心。昨天晚上，我已经给她寄了一

---

① 罗素广场（英语：Russell Square）是英国伦敦布卢姆茨伯里(Bloomsbury)的一个大型园林广场，座落于大伦敦卡姆登自治市。

封信。我在信中向她通报了小小的计划变更…现在她大概还没有收到我的信,我相信那位动人的小姐一定在焦急地等待着。别担心,我担保您会受到宠爱,您这几天会过上舒适的生活…”在字条的最后,他说:“睁大您的眼睛。我们很快就会见面的。我保证三两天之内和您会合。”我真想掐死这个家伙!

教堂的钟响了起来,五点一刻了。这时,一辆马车慢慢地停到了我的身旁。那是一辆类似于公共马车的车子,车顶上堆着各种各样的包裹。等马车停稳了,我向车夫解释说我是匹国特小姐的朋友。他请我上车。我没有看清他的容貌,因为他穿着宽袖长外套,帽子压得很低。他赶着马车到了一家商店,然后他下车去采购商品。尼古拉斯·杜德雷高大健壮,看起来四十多岁。尽管举止有些粗鲁、说话声音含糊不清,他其实很和善。他一边堆放整理商品,一边和我闲聊了起来。

“先生,这样的天气真是见鬼了! ”他搓着手说,“我已经很多年没有见过这么冷的天气了!玛丽对我说如果这样的天气继续下去,我们的水管就会出问题。”

尼古拉斯·杜德雷向我解释说玛丽是他的妻子——一个娇小可爱的女人,非常能干。他每天都要感谢上天让他遇到了这么好的女人。他们两个人都在曼斯菲尔德家做事,而且都住在那个大房子里。玛丽是厨师,基本上是佣人的主管;他是车夫,不过也为村子里的其他人家服务。他几乎每天都要进城,在临近节日的时候甚至一天跑两趟。然后他开始向我介绍这位匹国特先生，还有他的妹妹——一位非常和蔼，非常高贵的女人。说到匹国特小姐，他非常笨拙地停了一下，试图从我嘴里套出一些情报。

“我猜您和匹国特小姐认识的时间不长？”他整了整帽子，愉快地问。

“是的，不长。”我简练地回答。

他凑了过来，装作推心置腹地说：

“您知道吗。玛丽和我，我们的年龄也差很多岁，您的情况正相反。不过，这根本不重要，只要能相互理解就行。”

我慢慢地点了点头表示赞同，同时在心里暗暗地咒骂欧文·伯恩斯——他害得我处于如此尴尬的境地。同时，尼古拉斯的话也勾起了我的好奇心。这位卡特琳娜·匹国特到底是位什么样的人，为什么尼古拉斯会对我说出这种‘知心’的话。看到我沉默不语，他又补充说：

“另外，您知道吗？匹国特先生和斯比勒小姐的情况也差不多…不过，他们已经认识很久了。他们其实早就应该结婚了，要不是…嗯，您明白我的意思。”

我告诉他，我不明白他的意思。

“哦，如果您和匹国特小姐认识的时间不长，您确实可能不知道那件事。”他继续说，“我刚才要说的是：他们其实早就打算结婚了，要不是出了那场惨剧…以及后来的那些事情。”

“一出惨剧？什么惨剧？”

“嗯，就是埃德温先生的死。他是斯比勒小姐的兄弟，年龄和您差不多。埃德温先生的死让斯比勒小姐很受打击…那是三年前的事情了。”

“一场意外事故？”

“意外事故。”尼古拉斯·杜德雷重复了一遍我的话，他脸上的表情完全变了。“不是意外，绝对不是…他是被杀死的…谋杀。”

“天哪，谋杀！我希望凶手被绳之以法了！”

车夫的眼神变得疑惑起来：

“看来您真的不知道…您不知道吗，他每个圣诞节都会出现…他最早害死的是老乔治，然后是可怜的埃德温…去年轮到了吉姆，村子里的屠夫。吉姆的脾气有点儿暴躁，但是他是个好人，绝对不会伤害任何人。唉，我看我们还是上路吧。我们现在赶回去还能赶上晚饭。”他拉开了车门，请我上车。

我坐进车里，脑子里翻腾着各种念头。随着马鞭清脆地一响，马车猛地向前冲，我们上路了。马车在积雪覆盖的道路行进得很顺利。我坐在车子里，试图把已经掌握的点滴的信息汇总起来。那个‘好心’的欧文只让我做他的‘耳目’；但是我可不愿意充当纯粹的‘观察员’。这个世界上没有谁能够阻止我进行思考。

一位老姑娘，卡特琳娜·匹国特，找到了我的朋友欧文。她恳求欧文的帮助，因为她为兄长担忧。他的哥哥，萨姆勒，很快就要娶斯比勒小姐。而斯比勒小姐的兄弟在三年前被谋杀了。凶手是一个神秘的‘他’。这个‘他’还谋杀过其他人。人总是会有一些偏见，而此时的我不可能没有偏见。因为在真正见到匹国特先生之前，他已经引起了我反感：一个富有的批发商要娶朋友的女儿。我对于他的妹妹的印象也不怎么样。顺着这个思路，我对查尔斯·曼斯菲尔德也心生不满，他怎么能同意把女儿嫁给自己的朋友？想想他的年纪，匹国特足够作她的父亲了。目前看来，只有达菲内和佛布(匹国特的合伙人)没有列入我的偏见名单。

很显然，匹国特小姐为他的兄长担心的原因和那些惨剧相关。既然‘他’每个圣诞节都杀人，我可以推断出匹国特先生的生命受到了威胁。我现在还不清楚匹国特受到了什么样的威胁，我唯一的线索就是昨天晚上欧文叮嘱我要当心‘惨白的面孔或者面具，铃声’…但是这个线索太隐晦了。

我在头脑里反复地思考着这些问题。突然间，我的脑子里闪现出了一个怪诞的回忆：我又看那个女孩儿惊恐的眼神。就在一年前，我在伦敦市一个破败的街区里遇到了那个女孩儿，她一看到我就惊恐地逃走了。她也曾经提到‘白色的面具’和‘死神的铃声’…

在那一刻，我真正地感觉到了危险。‘白色的面具’和‘铃声’这两个词没有什么特殊的含义，也并不代表什么真正的威胁。但是这两个词让我感到一种潜在的、隐秘的威胁，这更让人忐忑不安。我的使命也突然变了味道，不再是欧文引诱我的时候所说的‘扮演侦探的游戏’。他说这是对于推理艺术和观察能力的考验。不对…我这么说不公平，他确实说过这是很严肃的事情，会有危险。

我们离开市区之后，天色已经变暗了。城市的喧嚣和骚动都被抛在身后了，路上的车辆越来越稀少，道路旁边的景观也越来越空旷。马蹄很均匀地敲打着地面，因为是雪地所以声音不像平日那样清脆；伴随着马蹄声就只有车轮发出的难听的吱嘎声。慢慢地，路边只有稀疏的房舍，然后就是一片白色的旷野。

您大概注意到了，我一直没有给出具体的日期。这并不是偶然的，我这么做也是有原因的。我推延了这件事发生的时间，甚至把多数主角的名字都换了。我认为，时至今日，提及这件事仍然会引起部分当事人的伤痛；我只会叙述那些和谜案相关的事情。出于同样的理由，我不会提及那个村子的名字和具体位置。那个村子距离伦敦有一个小时的车程，村子里只有一些朴素的房子，一个教堂，一个池塘，还有一条小河。村子在一片被大雪覆盖的旷野中间，冰冷的狂风扫过平原。在村子北面的边缘上，地形起伏不平。我们的马车一直朝着那个方向前进。

一分钟之后，尼古拉斯·杜德雷大声地告诉我说快要到了。我看到在大约一百码之外有一座孤零零的大房子。夜色很清亮，借着星光和初升的月亮，我能够清楚地看到那座建筑的结构。那是一座[1]建于都铎王朝时代的建筑，房子有两层，两翼的建筑和中间的主建筑几乎一样宽。两侧的房子都配备了塔楼，两个塔楼在院子内侧稍稍向内的位置上。在房顶的高度上，有一个木制的走廊连接着两个塔楼。这个走廊大概是用来观看狩猎或者比赛的。

车夫猛地发出了一声尖叫，打断了我的观察。我看到在道路上不远的地方，一个人影正在背对着房子向我们走来。那个人影看到我们之后就停住了脚步。尼古拉斯·杜德雷停住了马车，我跳出了马车，问他为什么停下来。

马匹停住了脚步，从它们的鼻孔里喷出来的气息在冰冷的空气中结成了雾气。而尼古拉斯·杜德雷手上拿着缰绳，痴呆呆地望着那个人影，好像变成了石雕。那个人影在一片洁白中是一个显眼的黑点儿。他犹豫了一会儿，然后他又继续朝我们走来。他走到我们近前的时候，我看到他是一个比我稍稍年轻的小伙子，穿着很朴素。他好像很不开心，低着头。我们看着他朝着村子的方向走去。等他走远了，坐在车夫位置上的尼古拉斯说：

“我们已经很久没有见过他了…”

“他是谁？”

---

① 都铎王朝(Tudor dynasty)，遠祖來自威爾斯。1485 年“玫瑰战争”结束，亨利·都铎夺得王位，都鐸王朝開始。1603 年都铎王朝的最后一位君主伊利沙白女王去世，都铎王朝结束。

“他是哈瑞·尼克罗斯，以前追求过斯比勒小姐。可是，他今天到这里来干嘛？他已经没有什么希望了！他好像情绪不太稳定，我不知道他…”尼古拉斯嘟囔着，话只说到一半。

“我看他的脾气不是很随和。”我留意着车夫的表情，他好像是从深深的恐惧中缓了过来。

“告诉我，”我又问，“您干吗要停下马车？”

“因为…” 他结结巴巴地说，“因为我把他当成了…当成了另一个人。”

他只说是‘另一个人’，没有更多的解释。我返回了自己的位置。尼古拉斯的说法很难让我安心。等马车停到了房子门口的台阶前面的时候，我又开始为其他原因感到焦虑不安：我该如何扮演未婚夫的角色？

接下来发生了一个插曲，很滑稽的插曲，在当时对我来说是件好事。但是后来就让我的处境更困难了。

房门被推开了。先出来的是一个上年纪的男人。从他的举止风度上看，他应该是房子的主人。接着出来的是一个女人，我立刻就猜到她是卡特琳娜·匹国特。她个子很高，身材消瘦；并不是严格意义上的丑，但是，我担保这个国家里任何一个男人都不会在她身上找到一丝女性特征(除了她的裙子和鬓角长长的卷发)。她朝我展露出一个的笑容，让我的脊背发凉。欧文真是对得起我，我现在只能这么说了。‘迷人的小姐’走下台阶，她满怀感情地说：

“阿齐勒,您终于到了！”

她只说了这么一句。因为在下一秒钟里,她滑倒了——她的身子向前扑倒,结结实实地摔了下去。她坐在地上,捧着她的脚踝,疼得直皱眉头。接下来的一刻钟时间里,我倾诉了很多关切的言语,和尼克拉斯一起把匹国特小姐安顿在马车上。马车太窄小了,我不能陪着她一起去看医生(也许要去医院);对此我表示出极大的遗憾。我想我的表演足够精彩了,欧文应该为我感到骄傲。等马车上的灯笼消失在夜色中之后，我的神经放松了一些。我很庆幸能摆脱这个‘未婚妻’——尽管只是暂时的;她可不是让人羡慕的公主。可是转瞬间,我意识到她不在场对我来所并不是好事。我应该向房子里的人说些什么？没有她在一旁引导,我应该如何介绍‘我们’之间的故事?她肯定预先简要地介绍过基本的情况,但是我完全不知道她都说了些什么。

由于刚才的插曲造成了一阵混乱,我们没有正式地相互介绍。现在,我和主人们一起坐在了餐厅里。刚才在搀扶匹国特小姐的时候,我已经见到了两个年轻的女孩子,她们肯定是达菲内和斯比勒。年轻一点儿的女孩子有一头红棕色的头发,大概只有十七岁,她肯定不是未来的新娘;所以红头发的是达菲内。对我来说,她的姐姐并不是陌生人;我发现她就是一年前在伦敦的阴暗的街道上被我吓得半死的女孩子。她就是斯比勒——对此我并不感到太吃惊。

04

他们熄灭了灯火

斯比勒·曼斯菲尔德装作不认识我，但是我心中有数。她的闪烁的眼神，她紧闭的双唇，还有她苍白的脸色，没错就是她。很显然，我的出现让她心烦意乱。这并不影响她的美丽，相反让她更加娇艳动人。只有在梦里您才会遇到这种虚幻的美貌——面色如珍珠一般淡雅，近乎半透明。她现在的脸色比上次我们见面的时候更加苍白，那种虚幻的感觉非常鲜活、非常诱人。她的长长的黑发如丝般光滑，让人忍不住想要去抚摸一下。可是，看到萨姆勒·匹国特轻抚她的头发的时候，我简直是怒不可遏。

我们都坐在饭桌旁边，我很自然地成为了焦点人物。我采取了坦诚的策略(至少是尽可能地说实话)；同时巧妙地回避那些触及‘我们’的话题。我装作是‘非常不好意思’，这这一招很管用。我先对于‘我的未婚妻’的状况表达了一番关切之情,我对于她不能在场深表遗憾。然后我就把话题引到了南非上。果然不出我所料,南非立刻就引起了他们的兴趣和争论。我很得意于自己的机敏。

坐在桌边的总共有七个人，也就是说房子里除了玛丽·尼克拉斯和仆人之外总共是七个人。玛丽正像他的丈夫所描述的那样:一个迷人的小女人,金色头发,精力充沛。她是厨房的主管，后来我发现她实际上管理着整个房子的日常事务。房子的主人查尔斯·曼斯菲尔德并不乏风度。他有一头灰色的长发,证明他的年纪不小了。吸引我的注意力的是他的眼神,他的眼神里有一种疲惫和厌倦的情绪——那决不仅仅是体力上的疲惫。

达菲内比她的姐姐更瘦,也更活跃。她的眼光一直没有放过我——一种淘气的眼神,属于少年的眼神。她脸上的雀斑和她的头发都是火红的颜色,这倒很符合她的淘气劲儿。

萨姆勒·匹国特坐在我的对面,他不算高,圆滚滚的,眼睛总是眯着。他的脸上是洋洋自得的笑容,似乎他是这个地方的主宰(要我说他是一只喜欢呼噜作响的肥猫)。不过,我发现有一两次他的眼神中显露出短暂的不安。他在担忧什么?至少从表面上看他毫无忧虑。我可以接受他的各种言行,但是就是无法接受他要娶斯比勒这件事情。这个想法让我恶心,真的。他肯定超过五十岁了,而斯比勒还只是含苞待放的花朵。不过,当时的境况不允许我透露出对这桩婚事丝毫的不满。亲爱的读者朋友,您肯定能够理解我的难处。

在萨姆勒·匹国特的左边坐着一个陌生人，欧文没有向我提到过这个人物。他们向我介绍说这是朱卢斯·莫刚斯通教授。尽管壁炉里的炉火噼啪作响,他好像还是冷得发抖。他坐在饭桌上居然还披着斗篷。这个人的相貌也很特殊:眼皮很厚,向外凸出的眼睛被乱蓬蓬的眉毛遮住了一半;而且一缕灰暗的长头发垂了下来,不断地在他的眼前摇晃。

埃德特·佛布是匹国特的合伙人，他看起来也不怎么顺眼。他的身子很单薄,已经过了三十,鹰勾鼻子,话很少。但是他的目光很敏锐,在留意着每一件事情;他可不是个笨蛋。

我们的话题转到了南非[①]的德兰士瓦地区发现金矿的新闻上，看来卡特琳娜·匹国特已经向他们中的某些人透露过一些秘密。我觉得有人在窥探我的反应,这种感觉已经持续了一段时间了。是埃德格·佛布?我觉得是他。肯定不是萨姆勒·匹国特。匹国特知情是很正常的事情,他的妹妹很可能向他吐露了实情。知情人在这种情况下肯定在偷着乐,但是不管他是谁,既然卡特琳娜·匹国特信任他,他就应该保守秘密。另外,我有一种感觉:好像他们并不自在。这和被窥探的感觉一样仅仅是感觉,我没有任何明确的证据。我只是觉得他们的举止有些神经质。斯比勒的态度不太对劲儿,我发现

① 德兰士瓦(南非語:越过瓦尔河)在1910年至1994年是南非的一个省。

她有几次无缘无故地望着窗户。

佛布说尼古拉斯还没有回来,我随口说起了我和车夫在路上看到的人影。

所有的人都屏住了呼吸,脸上是和车夫一样的惊恐的表情。等我说出了那个身影的真实身份,他们的恐慌又变成了疑惑,其中几个人显得很恼怒。

“哈瑞·尼克罗斯。在这儿?他在房子附近闲逛?”查尔斯·曼斯菲尔德冷冷地问。

“他好像是从房子附近离开。”我谨慎地回答,“我不敢肯定。”

“难以置信。我们已经有三年没有见过他了…他至少可以按门铃,告诉我们…”

“父亲。他前天来过了。”斯比勒平淡地说。

“什么?”萨姆勒·匹国特喊了起来,“放肆的家伙,真是厚颜无耻!他当初那样地羞辱了您还敢来找您!”

斯比勒垂下了眼睛。

“我对他说过了,让他不要再来了…”

“我觉得光这么说根本不够,亲爱的…”

没过多久我就知道了详情。不过在主人向我介绍这段故事之前,我对于这位哈瑞·尼克罗斯已经有了偏见。用过晚饭之后,查尔斯·曼斯菲尔德把我让进了书房。很自然,我向他表达了我的不安和窘迫。

“我真的不知如何是好。如果卡特琳娜需要在医院里住几天,我觉得不应该留在这里给您添麻烦…”

“斯托克先生。我们很欢迎您的到来,您绝对不能为了这个糟糕的意外事件就离开我们。您知道,圣诞节是一个伟大的节日,是充满快乐和友谊的节日…在这个节日里我们忘记其他的事情。我们总是和朋友们一起庆祝圣诞节,这个习俗已经有很多年了。只有在这个节日里,我们能够忘记忧虑,真心诚意地聚集在一起享受欢乐…”

他说的这番话倒像是在说服他自己,我能够感觉到在这座房子里表面上的平静之下潜藏着危机。他又就这个话题说了一阵,我觉得他是在做铺垫。接着他又开始介绍说他的祖先一直是专门的呢绒商人;他们是在十六世纪开始发家的;这座大房子是在都铎王朝时期修建起来的;这个房子太大了,他的收入勉强能够应付修缮和维护的支出。他在伦敦有两家店铺,那两家店铺的名声都很好,伦敦有名气的裁缝都从他那里买料子。他坦承说生意的成功很大程度上归功于他的朋友——萨姆勒·匹国特。匹国特帮助他从原料商那里弄到了上等货。

“您要知道,我和萨姆勒之间的交情可不是一年两年了…他是一个可以信赖的朋友,在最近几年市场不景气的时候他帮了我的大忙。您结识了他的迷人的妹妹,我真为您感到高兴。我很了解她的诸多优点,所以我每年都诚心诚意地邀请他们在这里度过圣诞节。我想匹国特小姐已经向您透露过我们两家将要结亲的喜事了吧？”

我想了一下，既然我是被邀请来的，我不可能不知道这件婚事。于是我做出了肯定的答复。

查尔斯·曼斯菲尔德递给我一支雪茄，他慢悠悠地自己也点上了一支。然后他说：

“我认为这是一件美事，会让我们两家人更加亲密…我对此深信不疑。萨姆勒先生对我的女儿的感情是一个成熟的男人的深情，可以说是高贵的感情，是经过慎重考虑的、是坚定不移的感情。我还要告诉您，他对斯比勒倾慕已久。”

“如果我没有理解错的话，那个哈瑞·尼克罗斯曾经是斯比勒的未婚夫？”

“您猜得一点儿不错，但是严格来说他算不上是未婚夫。他们之间只是有一段恋情而已。但是，这段恋情对我的女儿造成了很深的伤害——我不知道他有什么含糊的借口，事实是他突然之间就离开了村子…那是三年前的事情了，我们后来就再也没有见过他，直到今天您提起他。您可以理解，我们在萨姆勒先生面前很少讨论这个话题，他…”

我脱口而出：

“…如果我没有理解错的话，他当时已经看上您的女儿了。”

查尔斯·曼斯菲尔德默认了我的说法，他好像没有注意到我的话中有暗讽的意味。他又用平淡的语调说：

“我对这件事情的印象很深刻。因为几个星期之后就发生了埃德温遇害的惨剧…匹国特小姐向您透露过这件事情吗？”

我谨慎地回答说：

“她只是含糊地说发生了悲剧…”

曼斯菲尔德看起来很想向我倾诉一番，但是那些回忆对他来说太痛苦了。他转而委婉地说：

“这件事情对我们都是一个沉重的打击，但是受伤最深的是可怜的斯比勒…她甚至得了抑郁症…那些白痴警察们还曾经试图把谋杀的罪责都加在她的身上，这对她的打击更大了。她有一个月的时间都沉默不语。我们都非常担心，萨姆勒想尽了办法都没法让她开心起来。第二年，她参加了救世军[①]之后才有所好转。”

救世军！对，我第一见到她是在伦敦城里贫困的街区——她肯定就是为了救世军的事情才深入到那里。

“后来…在几个月之前，她同意嫁给萨姆勒。我觉得问题解决了，她终于摆脱了埃德温的死在她心头留下的阴影，终于走出抑郁的状态…是的。”他叹息说，“生活并不是永远充满欢乐，我已经经历得太多了。”

① 救世军(The Salvation Army)是一个成立于1865年的基督教教派，以街头布道和慈善活动、社会服务著称。

查尔斯·曼斯菲尔德很想倾诉一番，但是他说起真正的痛苦经历仍然含糊其辞。从他的叙述当中我了解到他已经两次丧偶。他的第一位妻子很早就过世了，那时候斯比勒和达非内还是小孩子。他的第二位妻子是一位寡妇，她有一个年纪和斯比勒相仿儿子——埃德温。于是两个女孩儿发现他们有了新的母亲和一个兄弟。唉，好景不长。大概一年之后，第二位妻子也离他而去，和他的第一位妻子一样死于肺病。查尔斯·曼斯菲尔德带着第二任妻子去瑞士的山区疗养了一段时间，可是也没能挽救她的生命。

这时候有人敲门，玛丽进来通报说他的丈夫刚刚回来。他带来了‘坏消息’，匹国特小姐必须在医院里呆上几天——她的一条腿上打了石膏。我自然是表达了适当的关切。随后查尔斯·曼斯菲尔德向我道晚安，希望我能得到充分的休息。玛丽举着蜡烛带着我去我的房间。

我们从大厅里的一个宽大的橡木楼梯上到二楼，然后沿着中央走廊往西侧楼走。很快我们到了西侧楼的走廊，这个走廊比中央走廊要窄一些。玛丽向我解释说房子的这一部分平时是没有人住的。我对此确信无疑，因为这里有潮湿的寒气，几乎是冷得刺骨。同时，走廊里有一种长期闲置的房子所特有的味道，甚至那些让我发抖的冷风都无法驱散那种味道。闪烁的烛光时不时地映照出隐藏在窗棱附近的蜘蛛网——它们躲过了最近发生的匆忙的打扫工作。这个走廊的左侧有窗户，从窗户能够看到院子。我注意到院子里有移动着的灯光，我认出那是尼古拉斯·杜德雷的高大的身影，他肯定是去最后看一眼马匹是否安置妥当了。在西侧楼的走廊里，一片寂静。只有我们脚下的地板(尽管铺了地毯)发出吱嘎的响声，以及外面恼人的风声。

玛丽打开了门，带我进入了一个宽大的房间。房间看起来很不错，而且壁炉里有红彤彤的炉火。我很满意。

我发现我一直没有介绍这个房子的一个特点：到处都是各种形式的呢绒制品，除了纯毛织品之外就是毛混丝绸，毛混棉，或者毛混麻制品。豪华的窗帘是毛的，椅子的坐垫全部是毛的，小到搁脚凳，大到扶手椅和沙发都是如此。房子里的木工活很精细，餐厅里的护墙板就是一个很好的例子。窗户上护板做工尤其出色，肯定会让一个我所认识的、叫做欧文·伯恩斯的人赞叹不已。不过所有这些都显得陈旧、早已经失去了原有的光彩，我还注意到一些小装饰都应该更换了。这并不奇怪，这么大的房子只有杜德雷夫妇和两个女仆打理是根本不够的。

玛丽点上了一盏油灯，然后问我打算几点用早餐。她善解人意地用暖床炉暖了床，然后就告退了。壁炉台上有一个座钟，时针显示已经快到十点了。我走到窗户跟前，凝视着外面被白雪覆盖着的旷野。在明亮的星光下，空旷的地面显得更加荒凉，在那里风声也似乎更加响亮。我不由自主地想起了斯比勒娇嫩而神秘的面孔…我第一次见到她的时候，她好像被恐惧所笼罩着。在那个短暂的瞬间，她甚至乞求我的帮助。今天我再次见到她的时候，她好像还是被恐惧控制着，只不过这一次她没有让感情流露出来。“要嫁给一个可以当父亲的男人，她感到恐惧是很正常的事情。”我低声地咒骂着。但是她的恐惧肯定还有其它原因…比如说‘白色的面具’和‘铃声’。

外面的冷风一直在呼啸着；我竖着耳朵，似乎在风声中真的听到了隐约的铃声。我意识到：住在这种阴暗而压抑的地方，人很容易得抑郁症。我的脊背上冒出一股寒气，我在那里站了半晌，试图把‘白色的面具’，‘铃声’，‘谋杀’，‘圣诞节’，‘悲剧’，‘婚礼’等等这些不相干的东西联系在一起…

在上床之前，我决定到走廊上看一眼。我并没有什么特别的目标，我也不想仔细地搜查那些临近的房间…我只是随便看看。这本来就是我的任务：观察和倾听。

我一直走到走廊的尽头，在那里停了下来。我把额头顶在最近的窗户上，望着外面的木头走廊。那个走廊横跨在院子上方，离下面的地面至少有七码。我的想象力活跃了起来，眼前浮现出一幅场景：我站在那个木头走廊上，躲在一个窗户的后面观看着狩猎的情况。

我没有听到任何狗吠声，这是个好迹象。我转过身打算回房间。我的眼神无意间扫过了下面的院子，我发现客厅的窗户里透出了灯光。让我吃惊的是几乎所有的人都围坐在一张桌子旁边。突然，光线变暗了，只剩下一根蜡烛的微光；然后那根蜡烛也迅速地熄灭了。惊诧之余，我也感到迷惑。对于刚才瞬间所观察到的场景，我实在想不出任何解释：所有的人都围坐在一张桌子旁边，而他们竟然熄灭了房间里所有的灯光！

05

白色的面具

几秒钟,几分钟过去了,可是什么都没有发生。同时寒冷快要把我冻僵了。这太荒唐了,早晚会有人点燃灯火,总得有人干点儿什么。可是,什么都没有发生。我什么都看不到。我只能隐约地看到壁炉里正在熄灭的炉火所发出的浅红色微光。那一点儿光芒太微弱了,我几乎是靠着想象力去分辨房间里的人影,我认为他们还都坐在桌子旁边。

我瞪大了眼睛,但是一无所获。我只好让想象力任意驰骋。我耐着性子在窗口观望着,不停地搓着手,还必须时不时地换一只脚着地以免冻僵。我已经完全丧失了时间的感念,只好随便估计时间。这让我觉得更不舒服。

这么做毫无意义。我不停地这么安慰自己,然后悻悻地返回了我的房间。我被冻得瑟瑟发抖,既恼怒又沮丧。我瞟了一眼壁炉台上的座钟,发现已经过了将近一个小时的时间。

一个小时,我咬紧牙关地等了一个小时,却一无所获。我赶紧钻进被窝里,被单还有一点儿余热。这时我突然想到也许应该下楼去到近处看个究竟,但是我舍不得床铺的温热,我放弃了行动改为思考。我思前想后,甚至开始怀疑自己刚才是不是看错了。我也许是在做梦,我肯定是在做梦。我接着思考斯比勒的问题,然后就陷入了睡神的罗网…

一阵轻微而悦耳的铃声惊醒了我。我刚把鼻子从被单中伸出来,铃声就停止了。外面还是一片漆黑。几点了?我必须搞清楚。于是我爬起来,在座钟跟前划着了一根火柴——一点了。我又回想起刚才所看到的场景,于是我披上睡袍,决定再到窗口去看看客厅的情况。我到了走廊,向下面张望。客厅仍然是一片漆黑——在这个钟点漆黑是很正常的。可是,我发现院子里有灯光的影子在移动!

我把鼻子贴到窗玻璃上仔细观察。光线来自下面一层,就在我站的位置的下面。很显然,在我下面的走廊里,有一个人正在举着一根蜡烛移动。烛光拉长的影子在院子里不断地跳动,然后就消失了。

这并不算什么离奇的事情,但是这次我决定要搞清楚。我踮着脚尖顺着走廊走到中央楼梯,然后同样小心地拾级而下。刚一到大厅,我就看到楼下走廊的尽头有亮光。我更加小心地朝着亮光的方向走去。光线来自一扇半掩着的房门,那是主楼和西侧楼之间拐角处的一个房间。我走到房门的旁边，小心地朝里面张望了一下。我的第一印象是一个宽大的房间里面布置着怪异的家具；然后我看明白了：这是一个储物间，曼斯菲尔德家族当年辉煌的历史都沉淀在这里了。房间里有一台织布机，带叶片的纺车，墙上挂各种工具：用来校准的衡器和铅锤，天平，以及绷紧呢绒的器械。我又探了一下头，朝光源的方向张望。我看到一张小工作台，上放着一个蜡烛台…工作台的右面是壁炉…然后我看到斯比勒安静地坐在一张高靠背椅子里。

我赶紧缩回了头。

我基本上能够确定没有被她发现。我加倍小心地按照原路返回。我走到楼梯旁边，藏在栏杆的后面。我听到一些琐碎的声音；那些声音都很轻微，我能分辨出有人打开了一扇柜门然后又关上柜门。在深夜里，斯比勒在一个储物间里干什么？我完全想不出理由，更让我奇怪的是她的表情。我刚才偷窥到了她的面孔，她的脸上没有惊恐，没有倦色，没有恼怒、也没有哀伤。什么表情都没有，完全是雕像一样毫无表情的脸。几分钟之后，斯比勒走出了房间，轻轻地关上了房门。她顺着一层的走廊往西侧楼走了过去。又是一声轻微的门响，然后烛光彻底消失了。

我回到了自己的房间。虽然是一头雾水，但是我太困了，刚一躺下就睡着了。然而，我的睡梦又一次被打断了。这一次是被突然惊醒了：一个女人的惊恐的叫喊声划破了寂静的黑夜。

在最初的一两秒钟，我吓得动弹不得。那是让人心惊肉跳的惊叫。然后，我好像又听到了另一声尖叫。我从床上跳了起来，披上睡袍冲出了房间。我听到声音很近，但是我毫不犹豫地往楼下跑去，因为我很肯定那是斯比勒的尖叫声。

我急匆匆地冲下台阶，喊叫声仍然不绝于耳。在西侧楼的走廊里，我先看到了佛布。他穿着长睡衣的，戴着睡帽，手上举着一个烛台，正在徒劳地劝慰斯比勒和达菲内。那两个女孩儿神情慌乱，惊恐万分，脸色和她们的睡袍一样惨白。这时尼古拉斯赶到了，接着是其他人。

“我看到了，我看到了…”斯比勒呻吟着，“我看到了惨白的面具，在窗户外面…”

“没错…我也看到了。”达菲内接着说。她好像已经缓过神了。“我先听到了铃声，然后是斯比勒的尖叫声…我看到窗户后面有一个白色的东西。太可怕了。那像是一个死人…”

06

在雪地中散步

第二天下午，我和达菲内坐在尼古拉斯的马车里东摇西晃。马车正在朝着伦敦郊区的方向前进，我们透过车窗望着外面的雪景。尽管阳光明媚，空气还是又干又冷。我起得比较晚，所以没有赶上第一趟马车。清晨的时候，萨姆勒·匹国特和埃德格·佛布已经乘坐尼古拉斯的马车去探望过卡特琳娜了。他们回来吃早饭的时候向我透露了卡特琳娜的情况。按照他们的说法，卡特琳娜最多在医院里休养三天。他们说卡特琳娜的精神状态很好，而且“因为我没有去而感到失望”。佛布向我特意强调了最后一点。但是他的态度太殷勤了，未必是真话。

匹国特小姐所在的医院离村子只有六七英里，我没有任何理由逃避探望的责任。同时，出于各种原因，我也很想尽早和她见上一面。达菲内兴高采烈地主动提出要陪我一起去，我虽然不太开心，还是赶紧答应了下来。我其实更愿意和‘伤员’单独谈一谈。

我用眼角的余光观察了一下达菲内。她在软垫长凳上就没有老实过。如果让我把她和一种动物联系在一起，我会毫不犹豫地选择蚂蚱——她举止像蚂蚱，而且她像蚂蚱一样轻飘飘的。我刚才和她一起进行户外调查的时候就注意到了她的这些特点，她走路的时候不老实，脚下一滑；要不是我及时抓住了她，她肯定会摔个跟头。她就是一只活泼好动的蚂蚱，精力充沛，像弹簧一样没法儿老实呆着。

我们的‘户外调查’是在房子外面的雪地上进行的，调查的目的很自然是和昨天晚上的事情相关。按照达菲内的说法，这两个姐妹分别看到她们的房间的窗户外面有一个人影，那个人影把苍白而丑陋的脸贴在玻璃上。达菲内认为她是先听到了铃声然后看到了人影；而且在她的姐姐尖叫之后达菲内也看到了幽灵一样的东西。这就是基本的情况，她们当时都吓呆了，根本顾不上观察其他的东西。让人生疑的是，这个神秘的影像吓坏的不仅是两个姐妹。似乎房子里所有的人都和她们一样感到恐惧：曼斯菲尔德，他的客人们，甚至佣人们都不对劲儿。按理说遇到这种情况，尼古劳斯和玛丽肯定会好奇地打听细节。但是这对夫妇都默然地接受了发生的事情，甚至没有任何评论(至少给我的感觉是这样的)。他们意味深长地交换着眼神，但是都不声不响。我最后得出了结论：他们在掩盖一个可怕的秘密，这个秘密就欧文·伯恩斯派我来调查的核心问题。我采取了谨慎的策略，坦然处之。其实我有一大堆问题：为什么他们在黑暗的房间里，围坐在桌子旁边？斯比勒在半夜里究竟干了些什么？但是我忍住了没有问。

我虽然没有问问题，却展开了实地调查工作。吃过早饭之后，我向达菲内提议到外面去看看她们的窗户下面的雪地，去寻找闯入者可能留下的痕迹。如果我一个人去调查就会显得很突兀，我认为和达菲内一起去就可以很正常地解释为满足好奇心。实际上我们在西配楼的外面发现了很多脚印，那些脚印都模糊不清，很多都相互重叠，但是我们能肯定这是同一个人留下的脚印——一个普通的成年人的脚印。在斯比勒和达菲内的房间是挨着的(她们的房间实际上就在我的房间的下面)，不过她们的窗户下面并没有太多的脚印。那串脚印一直延伸到通往村子的小路上，然后又折返了回来。这很有可能是哈瑞·尼克罗斯(斯比勒的前未婚夫)所留下的脚印。昨天下午我们遇到他的时候，他就是出现在房子的这一侧。如果雪地上的脚印是哈瑞·尼克罗斯留下，那么昨天晚上的幽灵的脚印哪儿去了呢？唯一合理的解释就是：哈瑞·尼克罗斯和那个幽灵就是同一个人。我向达菲内透露了我推测，她的回答有些怪异："我倒是希望相信您的推测…"

"我说。"坐在车子里的达菲内转着眼睛，突然笑嘻嘻地对我说，“要是我们回去得早，我们在雪地上散散步怎么样？”

“在雪地上散步？”我重复着她的话，被这个小顽皮鬼逗乐了。经过早晨的调查工作之后，她已经把我当作她的一个玩伴了。“好啊，有何不可…我和大自然浑然一体。”

她露出赞赏的神色：

“我也是一样！另外，我迷恋于所有美丽的东西！我很想成为一名艺术家…‘

我以为自己听错了，这应该是我的台词，或者是出自我的朋友欧文之口。

“…可是爸爸不同意。他说女人应该专心在其他事情上。”

“选择艺术道路，您是这么说的吗？但是，您打算研究哪个艺术领域？”

“体育方面的。”

我惊得哑口无言，我下意识地又重新打量了一下她的体型。我一边考虑她从事体育运动的可能性，一边试图猜测她所中意的体育项目。她垂着眼睛，使劲儿地转着右手无名指上的一个镂空银戒指。然后她抬起头，骄傲地宣布说：

“滑冰。艺术溜冰。”

“有人见过穿冰鞋的蚂蚱吗？”我暗自发笑，但是没有表露出来。相反，我立刻用最严肃的口吻向她保证说她很有天赋。借着恭维她的机会，我就艺术问题夸夸其谈起来，我的派头甚至能和欧文相提并论了。达菲内满怀热情地听着我的长篇大论，我甚至可以说她在用仰慕的眼神看着我。等我们到达医院的时候，我很庆幸地发现自己在曼斯菲尔德家的小团伙中打开了一个缺口，达菲内已经成了我的一个盟友。不过这个盟友特别的讨厌：尽管我不断地暗示，她就是不明白我的意思——我想和匹国特小姐单独呆一会儿。有达菲内在场，我只能和发表一些慰问病人的陈词滥调。最后，达菲内终于想到了要“到外面去转悠五分钟，透透气。”

达菲内的鞋跟敲打地面的响声终于消失了，我朝卡特琳娜·匹国特俯过身说：

“快，告诉我所有我应该知道的东西。我已经被逼入绝境了！关于我们的‘故事’，我的朋友欧文并没有告诉我什么真正有用的信息。”

尽管卡特琳娜·匹国特的相貌不敢恭维，我发现她其实是一个很和善的人，甚至是一个很感性的人。她被禁锢在病床上，焦急万分，甚至有些惊慌失措。因为急于表达，她有点儿语无伦次。不过我还是听明白了她的意思：在我到达之前的几个小时，她收到了欧文的信。欧文在信上通知她说我将会替代欧文的角色。她为了她的兄长的生命担忧，因为他们很快就要和曼斯菲尔德家结亲，而且圣诞节就要到了。只有埃德格·佛布知道她请了侦探，她的哥哥并不知情。她就告诉我这么多，因为达菲内回来了。

在回程的路上，达菲内盯着我看了半天。然后她宣布说：

“我觉得您刚才想要摆脱我。”

“哦？怎么能这么说！”

“别装傻了，您这一招根本不灵。其实，我很清楚您真正喜欢的是…”

我吓了一跳，结结巴巴地说：

“我真正喜欢谁？…您什么意思？”

“我刚才在仔细地观察您，我可以发誓您在匹国特小姐身上没有找到一丁点儿的柔情。您喜欢的不是这个。“

我猜想：她马上就要说我钟意的是匹国特小姐的个性。但是我猜错了，达菲内的话完全出乎我的意料：

”您爱上斯比勒了。别做怪样，您真是可笑。要知道，您的心思就写在脸上。而且，昨天晚上睡觉前，她告诉我了。“

”什么？是她告诉您这些？“

”不是。是我自己猜到了您的心思。是您眼神泄漏了秘密——您看着斯比勒的时候，样子就像从来没有见过女人似的。我要提醒您，她可是马上就要嫁人了。斯比勒确实向我说起了您，她告诉我说你们以前见过面。你们的相遇很短暂，但是她没有忘记您的面孔…她觉得您…”

她的话只说一半。我向她询问斯比勒到底说了些什么，她只是耸了一下肩膀。我知道她是故意不说。一阵难堪的沉默，我在心中考虑着一个严肃的问题：究竟是达菲内在信口雌黄，还是我真的爱上斯比勒了。仔细想想，我觉得这么说不无道理。

达菲内又开口了，又是一个我猝不及防的问题：

“阿齐勒，告诉我。您知道什么是‘混乱之王’吗？”

“什么？”我惊愕地问。我对这个名字只有很含糊的印象。“‘混乱之王’？您是这么说的？我不知道…”

“我就知道您不了解‘混乱之王’。”她嘟囔着说，“您什么都不知道…”

这个小姑娘真的把我惹恼了，我语气冷淡地请求她向我解释一下。

“等下次吧。”她贪婪地盯着外面伦敦城里商店的橱窗，那些商店一个赛一个的诱人。

下午四点左右，我们步行离开了曼斯菲尔德的宅子。我走在达菲内的后面，对这个小丫头的怨气还没有完全消退。我很明智地穿上了一双厚厚的带保暖夹层的鞋。‘蚂蚱’的步伐轻快，她穿着一件厚厚的大衣，戴着一顶很大的毛帽子。我们朝着村子的方向走去，然后又转上左面的一条通向原野的小路。地面上的雪冻成了冰，白茫茫的平原上一片寂静，只有我们脚下吱嘎的声音。平原很开阔，偶尔有光秃秃的树木打破单调而恼人的乡村景观。为了恢复交谈，达菲内告诉我说这里已经好几天不下雪了。我回答说这很奇怪，因为在伦敦天天都下雪。

“不管是不是奇怪，反正好几天没下雪了。”她回答说。

我能感到她有点儿气恼，我沉默不语的态度让她感到不快。

我们又走了几步，面前是一个小河沟，周围都是被冻住的芦苇。这对达菲内来说并不是一个不可逾越的障碍，但是她请求我的帮助。达菲内非常严肃地说在严寒到来之前，曾经下过一场雪。初雪融化之后的雪水漫过了小河沟，后来严寒又把雪水冻成了冰。

我用两手抱起她，然后往前迈了一步。我脚下的冰裂开了。我又走了一步，同样的结果。我跨过小河沟，脚落到另外一侧的时候在冰面上滑倒了。我们两个人都摔倒在了雪地上。这个做法真是荒唐——我们一个一个地过肯定会更轻松。达菲内倒是不在乎，这个小‘蚂蚱’看到我跌倒了幸灾乐祸，哈哈大笑起来。她倒是安然无恙，因为我的身体充当了缓冲器的作用。她调皮地问我是不是不惜一切代价要到医院里去陪伴匹国特小姐。我一点儿也不欣赏她的俏皮话，我直接了当地表达了我的不满。

“那么说您喜欢斯比勒！”她又嘲笑我说。

唉，我又漏出了马脚，我跟匹国特小姐之间的‘关系’快要被她看透了。我没有直接回应她的话，而是展开了反击：

“您觉得您的姐姐的未婚夫怎么样？…”我问。

达菲内垂下了头，不吭气了。我的问题正中要害。

“我们分析一下好了…” 我决定趁热打铁,“您的姐姐二十出头…她的未来的丈夫的岁数至少是她的年龄的两倍,我觉得他已经奔六十了。我本人对四国特先生没有任何成见,我可以公平地说他算不上美男子。根据我的观察,他没有什么特殊的魅力能够吸引您的…”

“够了！”

她努力克制着情绪,没有使用更凶狠的词汇。

“而且,我觉得您的姐姐不会为了钱而牺牲掉她的青春年华…她的前未婚夫就说明了问题,我看那个男孩子的家境并不好。”

我们在雪地上快步行进着,一段长时间的沉默让气氛更沉重了。她终于开口了:

“您知道,斯比勒受到了很大的创伤…”

“因为哈瑞·尼克罗斯抛弃了她？”

“不是…嗯,当然,这也是一个因素…但是主要的原因是埃德温的死。您了解埃德温吗？您当然不知道,您没有见过他。他多么有趣啊…只要他一出现,房子里的气氛立刻就会大变样。他并不是我的亲生哥哥,但是我们都非常喜欢他。”

“您的父亲向我提到过…”

达菲内好像根本没有听我说话。

“他的个头和您差不多,但是比您瘦一些。他的头发颜色很深,还有一小撮胡须…嗯,我们都很喜欢他。瞧！”她脱下了连指手套，把手上的银戒指举到我面前。“这是他送给我的生日礼物。我当时十三岁，那时这个戒指戴在我的手上有点儿大。他说他故意选择了大一点儿的戒指，因为这样我就能一直戴着它，能够时时想起他…”

她耸了一下肩膀，好像是要压抑她的感情。然后她又说：

“对于斯比勒…埃德温整天捉弄她，但是埃德温喜欢她。他甚至说过将来要娶斯比勒。我还记得她当时的惊叫声！然后就是那个可怕的圣诞节。那是三年前的事情，他被谋杀了…”

“您的父亲向我提起过那起谋杀。”我慢慢地说，“根据我的理解，您的姐姐甚至遭到了愚蠢的指控，是吗？”

“是的。因为她是唯一有机会进行谋杀的人，或者说她的条件最便利。当然，这只是根据现场的情况推测出来的结论。但是要证明斯比勒有罪还要克服一个难题：如果不做助跑，谁也不能在雪地上跨过三米的距离！”

“我真的不知道这起谋杀案的详情。我只是略有耳闻，尼古拉斯·杜德雷在送我来这里的路上提到了这件事情。我承认这个案子让我很感兴趣，我听说凶手并没有被抓住…”

“谁也不可能抓住这种鬼怪…”

“这种鬼怪？但是有人知道他到底是什么鬼怪吗？”

“我们当然知道。他昨天晚上还来拜访过我们。他就是‘混乱之王’。”

07
混乱之王

“斯托克先生，您应当听说过‘混乱之王’吧？”查尔斯·曼斯菲尔德慢腾腾地说，“我知道您多数的时光都是在南非度过的。我猜想那儿庆祝圣诞节的方式会有所不同。也许南非的居民已经忘记了…但是，您要知道，在本土的英国人一直保持着一项庆祝圣诞节的特殊习俗。”

客厅里的座钟敲响了。时间是下午五点半，我们刚喝过下午茶。萨姆勒·匹国特，埃德格·佛布，和朱卢斯·莫刚斯通教授已经离开了房间，我和查尔斯·曼斯菲尔德以及他的两个女儿留了下来。天色越来越黯淡，房间里的光亮也随之慢慢减弱，壁炉里的火光在昏暗中越来越活跃了。斯比勒坐在窗户下面的沙发上，处于背光的位置；我很难看清她娇柔的面孔。达菲内坐在我的旁边；经过刚才的雪中漫步之后，她的脸色仍然泛着红润。达菲内很想要拿我开心，她焦急地等着机会。三位客人刚一离开客厅，她就直率地说："爸爸，你知道吗？阿齐勒先生根本不知道昨天晚上拜访我们的是什么东西！"

"…在大概两百年前，人们庆祝圣诞节的方式和今天不同。"查尔斯·曼斯菲尔德接着说，"那时人们更注重世俗的享乐，而不是祈祷。在圣诞节前的几天里，人们尽情地欢唱、跳舞、欢笑。凡是有点儿实力的家庭，不管是不是贵族，都会推选一个'混乱之王'。他的任务是主持各种游戏和狂欢。他会召集同伙一起设计和实施各种把戏，有时候是一些非常荒诞的游戏。

各地的习俗可能有所不同。在我们这村子周围，推选和加冕'混乱之王'是一个盛大的典礼。我已经向您介绍过了，我的祖先当时拥有丰厚的家产，周围的很多村民都为曼斯菲尔德家族工作。简单地说，我的祖先很有实力，受人尊重，可以随心所欲地胡来。通常是年轻人参与推选'混乱之王'，他们当然都很喜欢胡闹。我们的习俗是这样的：那一小群年轻人会装作是'混乱之王'的随从，他们穿着最夸张的服饰。黄色或者绿色的衣服，配上腰带，饰带，各种小花饰，甚至是珠宝；最重要的是要在裤子上缝上必不可少的铃铛。他们用纸板做一些马，龙，或者其它奇形怪状的动物；然后会有乐师陪同他们在村子里游行，他们会作出各种荒诞的滑稽动作逗人发笑。他们吹着短笛，伴随着坚定的鼓点儿，身上的铃铛乱响。他们还会搞很多恶作剧,向人群炫耀他们的纸做的妖怪,或者摇动他们头上的彩色缎带。接着,他们朝教堂进发,根本不理会那里虔诚祈祷的信徒。他们进入墓地,在那里大吃大喝,跳舞欢闹一整天,甚至一整晚。

您可以很容易地想象到他们有多么疯狂,会搞出多少闹剧。闹剧…这么说算是轻描淡写了。他们会不知廉耻地向人讨要食物;如果有人胆敢拒绝,他们会毫不犹豫地把无辜的人按到水槽里,或者是用木棒乱打一通。"

尽管查尔斯·曼斯菲尔德的眼睛一直盯着炉火,我还是觉得他的神色越来越暗淡。他的语调也越来越低沉:

"过度放纵肯定会导致悲剧,这是早晚的事情。那一年,曼斯菲尔德家族的淘气鬼们选中了彼得·约克做'混乱之王'。他很天真,家境也贫寒;所以他无法拒绝我的祖先们提出的要求…我的祖先们并没有恶意,只是要寻开心。他们为什么选中了彼得·约克?是因为他的名字①,还是因为他是一个勇敢的男孩子?我不知道。您大概明白了,真正组织跳舞和闹剧的是那些随从,而不是'混乱之王'。所谓的'王'只不过是要戴着一顶帽子。总是,他们给彼得·约克举行了'加冕'仪式。每一年,'混乱之王'都必须有不同的打扮。那一年圣诞节,彼得·约克的装束很简单:一件宽大的黑色大衣(或者是带帽子的披风),裤子上满是铃铛。他的脸上戴着一个粗劣的

---

① 英语中约克'Joke'意为'玩笑,恶作剧'。

面具,面具是用面浆做成的,刷成了白色,看起来很吓人。配合身上的铃铛,他就像是一个麻风病人。人们从很远的地方就能知道他走过来了。这个'混乱之王'的'朝臣们'非常苛刻,他们不停地烦扰着'国王'。就这么闹了好几天,直到圣诞节的晚上…

在我们的房子的后面,不太远的地方有一个湖。那年冬天湖水完全冻住了。那群人喝了很多酒,多数都酩酊大醉;他们决定在圣诞夜的时候到湖边去…那是可怜的彼得·约克的最后一个圣诞节。谁也不知道究竟发生了什么事情;我们只能猜测是在他们的愚蠢的胡闹过程中,'混乱之王' 淹死了。他走到了湖中心的位置上,脚下的冰碎了。这是一个可悲的意外,整个村子都震惊了。不用说,死者的家人非常愤慨。'混乱之王'的那些随从们供认说他们的行为不够谨慎,这是实情。可是传统并不那么容易改变。第二年的圣诞节,他们又推选出了新的'国王'。恐怖的事情也由此开始…"

查尔斯·曼斯菲尔德开始历数此后发生的事情:

"圣诞节之后的第二天,一个曼斯菲尔德家族的人在湖边淹死了。前一年彼得·约克淹死的事情他也有份。大家都没有当回事,认为是纯粹的巧合…不过有一个证人说前一天晚上看到那个曼斯菲尔德家族的人朝着湖边走去,他的身边还有另一个陌生人——穿着深色的衣服,脸色像床单一样惨白。

又过了一年,又一个曼斯菲尔德家族的人死掉了。人们在同样的地点发现了他的尸体,身上有很多刀伤。这一次没有相关的目击证人;但是在出事的那天晚上,住在这所房子里的很多人都听到了隐约的铃声,好像是从湖的方向传来的。

接下来的一年,曼斯菲尔德家族意识到问题的严重性了。因为又有第三个家庭成员惨遭不幸。还是在湖的附近,被残忍地刺死了。这一次,凶手逃走的时候被人发觉了…目击者说听到铃铛的声音;看到一个黑色的身影,脸色像雪一样白、毫无表情。目击者试图在荒野上追逐这个凶手,但是那个黑影很快就摆脱了追踪。他就像是一只飞鸟,在地面上飞掠而过。

从那之后,就出现了各种各样的传言。传言的大意是说那是彼得·约克的幽灵;他每年圣诞节都在湖边出没,伺机报复。他的主要目标就是曼斯菲尔德家族的成员。第四年的时候,又有人遇害了。我的祖先们做出了明智的决定:不再按照传统方式庆祝圣诞节。随后是一段平静的时期。不过,在随后的一些年里,曼斯菲尔德家族的人还是常常死于非常可疑的意外事故。但是总体来说,怪异的死亡事件越来越少了。到这个世纪初的时候,我们已经很少想到这个恶咒了 。”

查尔斯·曼斯菲尔德停止了叙述,房间里被突如其来的寂静所笼罩住了。同时,昏暗不断地扩张,房间的角落已经完全陷入黑暗了。斯比勒和达菲内静静地坐在那里，她们盯着炉火一声不吭。壁炉里的炭火发出轻微的噼啪声，除此之外就是座钟永恒的嘀嗒声。在寂静中，曼斯菲尔德深深的叹息显得格外清晰。叹息之后，他又继续叙述说：

“四年前，这附近又发生了凶残的谋杀。这起谋杀可以说是典型的‘混乱之王’的做法：在去往村子的半路上，一名受害者满身伤痕、倒在小路上。我们从来没有见过如此残暴的行为；凶手使用的应该是用一块大石头或者是短粗的木棒，他凶蛮地袭击了可怜的老乔治。乔治是我们家的一个远房亲戚，他住在离这里几英里远的一个农场上，过着半隐居的生活。谋杀发生之后，有两个人最先赶到了现场。一个目击者是从村子的方向赶过来的，他自称从小路上转过弯的时候看到了乔治。按照他的说法，在乔治倒下之前的几秒钟里，他好像在和一个‘看不见’的东西搏斗。他还听到了凶手逃走时的声音——一种越来越微弱的声音，很像是铃铛的声音。另一个目击者是从这所房子出发的，他先是听到了远处的声音，于是他加快了脚步。然后他看到‘一个黑暗的身影’迅速地消失在夜色里。两个人几乎在同一时间赶到了垂死者的身旁。这时乔治已经不行了。第二天，住在乔治家旁边的一个农夫报告说他在清晨的时候看到了老乔治的马。那匹马在乔治的小屋附近转悠，它的状态很糟糕：精疲力竭、惊慌不安、身上还带着伤痕；就好像那匹马刚逃过一只愤怒的公牛的袭击！”

是不是‘混乱之王’又回来骚扰我们了？尽管我们的心里都在动摇，我们都拒绝相信。接着是我们的可爱的埃德温在三年前被谋杀了。这下子我们没有什么怀疑的借口了，肯定是‘混乱之王’的幽灵在作怪。因为只有不受重力影响的东西才能犯下如此可怕的罪行。接下来的圣诞节并没有发生什么意外，但是人们多次看到黑暗的身影在附近游荡…那个黑影经过的时候还会留下铃铛的轻响。这里几乎所有的人都看到过那个黑影，他戴着白色的面具在窗玻璃外面窥探…他总是瞬间就消失掉，但是那更吓人。去年的圣诞节，受害的是住在村子里的年轻的屠夫。他死得也很惨，而且他遇难的地方就是当年彼得·约克死去的地方。他死前几天曾经向他的朋友们透露过他的计划：如果那个幽灵真的存在，他就去把他剁成肉泥。人们注意到这位屠夫有几次日落之后出门，随身带着一根鞭子。他常常凌晨才回家。但是有一天早上，他没有回来。人们很快就在池塘冻住的冰面上找到了他的鞭子；湖的中间是一个大洞，洞的边缘上还有血迹。我们过了一段时间才找到尸体，因为必须把湖水都抽干。他的身上有多处伤痕，特别是胳膊和手上。等一下，这个房间太昏暗了…达菲内，请你点上油灯好吗？”

灯光只是驱走了房间里的黑暗，而笼罩在我的头脑里的阴影并没有消退，相反越来越深重了。我刚才所听到的无疑是一段离奇的故事，甚至是荒谬的。但是查尔斯·曼斯菲尔德的神态非常郑重，不可能是在开玩笑。斯比勒的眼神同样严肃，我看着她觉得揪心的难过。我多么想看到她的笑容啊！达菲内假装出满不在乎的态度，但是这完全无法改变房间里越来越沉重的气氛。这座孤零零的大房子，被茫茫白雪所包围；现在又被寂静所控制住了。为了打破这种难堪的寂静，我故意发问：

“刚才您介绍您的养子遇害的时候，您说到‘他’是完全不受重力影响的东西。我很愿意相信您的话，但是…”

“雪地上没有任何痕迹。”达菲内斩钉截铁地说，“任何正常的人都应该留下点儿痕迹！”

查尔斯·曼斯菲尔德没有接口，转头看着他的大女儿。斯比勒转过头，她用湖蓝色的眼睛望着我：

“我是最后一个见到埃德温活着的人，而且我是唯一有可能…”

她的声音哽咽了。尽管泪水模糊了她的双眼，她还是死死地盯着我。从那双眼睛里，我看到让人揪心的强烈的痛苦。在那一瞬间，我感觉她要逃离房间；但是她控制住了感情，她平静地对她的父亲说：

“你可以放心地向斯托克先生介绍发生的事情。”她勉强地挤出一个笑容，“一个将要出嫁的女人必须学会控制感情，对吗？”

查尔斯·曼斯菲尔德朝女儿笑了一下，一个没有欢乐而满是苦涩的笑容。他想了一下，然后对我说：

“请您理解我们的处境。对我们来说，回想那场悲剧是很痛苦的事情，我们总是尽量把它从记忆中驱逐出去。但是，有些事情是无法忘记的…我们更不可能忘记后来警方的调查工作——一个警官固执地认为‘凶手’是一个活生生的普通人…对于那天晚上发生的事情，我还记得清清楚楚。我也记得主要证人，哈尔曼小姐的证词。在悲剧发生前的两三个月，我聘请她作为女家庭教师。她是一个一丝不苟的人，很和善；她还年轻，但是非常胆小。悲剧发生后不久她就离开了。

因为前一年发生了老乔治遇害的事情，所以那一年的圣诞节我们都忧心忡忡。尽管如此，我们还是不愿相信那个骚扰过我的祖先的幽灵又回来了。萨姆勒公开地嘲笑那个传说，埃德格·佛布也随声附和。卡特琳娜小姐的态度比较含糊。我不知道埃德温是怎么想的，我们只有在学校放假的时候才能见到他。他的房间在东侧楼的最远端。要想讲清楚细节，我最好先花点儿时间向您介绍一下这所房子的结构。

您肯定已经注意到了。这所房子是对称的结构，主楼在北侧，两座侧楼分别在东面和西面，中间是一个院子。两个侧楼都有通向主楼的走廊，走廊的一侧是面向院子的窗户，另一侧就是房间的墙壁和房门。但是走廊尽头的房间比较特别，房门是正对着走廊。所以这个房间也比其他房间大，而且这个房间三个方向都有窗户。埃德温的房间就是在东侧楼尽头，有一个窗户是朝西的，能够看到院子；一个窗户朝南；还有一个窗户朝东。走廊并不是唯一通路，我们还可以借助房间旁边的塔楼进入他的房间。那两座塔楼是修建在院子内侧，紧靠着两个侧楼面向院子的墙壁。具体来说，塔楼是在埃德温的房间的西墙外面，在朝西的窗户的北面。在很久以前，两座塔楼都通向木制的悬空走廊。但是因为年久失修，东侧的塔楼向上的通道已经不能用了；楼梯口被砖墙彻底封死了。所以那个塔楼实际上只被用作从院子进入埃德温的房间的通路。塔楼的入口处本身就有一个门，在内侧通向埃德温的房间的地方还有一个门。我要特别强调一下，除去走廊之外，就只有这么一个入口。假如说通向走廊的房门缩住了，他就必须先走到院子里，然后从塔楼进入他的房间。塔楼的楼梯已经完全堵死了，不可能从上面下到埃德温的房间。

那是圣诞夜，我们都吃得太饱了，而且受熬夜的影响有些疲倦。斯比勒，我的孩子，你是最后一个见到他活着的人。他在夜里到工作间里和你聊了几句…”

我吃惊地重复说：

“工作间？”

“斯托克先生，我们称作‘工作间’的房间只不过是我们的一个小小的博物馆；我们把古老的纺织工具和各种小玩意儿陈列在那里。当然还有我们的女士们灵巧的手所创造的杰作。”他微笑着补充说。

斯比勒的眼中也闪现出了一丝温柔。但是她的父亲叹了口气,又开始叙述了:

“斯比勒,你还记得吧?他的态度并不特别兴奋,也不算消沉,对吗?”

“和平时一样…”

“他在晚上十点左右离开了‘工作间’。从他的态度上看,你认为他还要接待其他访客吗?”

斯比勒神情恍惚地望着她的父亲:

“不会的…在离开走之前,尼古拉斯也到‘工作间’里转了一下。尼古拉斯的感觉和我一样。”

“很好。我们现在跳过两个小时的时间,因为在这两个小时里没有发生什么特别的事情。在此期间,我们大多数人都回到了各自的房间。哈尔曼小姐是在午夜时分返回房间的,她的房间是在西侧楼的倒数第二间。她正准备开门的时候,她听到身后走廊的窗户外面有响动。她转过身,看到窗玻璃上有一个苍白的面孔。哈尔曼小姐被吓坏了,以至于手上的烛台都掉到了地上。那天晚上的月光很明亮,她能够清楚地看到整个院子。当时刚开始下雪,她看到那个吓到她的人影正在离开房子。那个人影穿着长长的深色大衣,戴着一顶帽子。她只看到这么多,无法提供更详细的描述。哈尔曼小姐听说过关于我们家族的传说,还有前一年老乔治的离奇遇害,所以她留在黑暗的走廊上继续观察着外面的动静。她并没有白等，在大约一刻钟之后，她看到那个人影又回来了。雪越下越大了，但是哈尔曼小姐还是能够透过片片雪花认出那个鬼鬼祟祟的人影。她看到那个人影进入了塔楼。我刚才说过了，东侧的塔楼只通向埃德温的房间。哈尔曼小姐感到非常不安，但又不知道该怎么办。接着，她看到埃德温的房间的窗户透出了灯光。房间的窗帘并没有拉严，哈尔曼小姐多次看到里面有人影在移动。她的恐惧和担忧渐渐缓和了，她以为那是埃德温的一个朋友。但是她还是坚守岗位，想要等那个访客离开。哈尔曼小姐等了整整一个小时。她很执著，这也许是出于职业习惯，也许是因为好奇心(也许两个原因都有，这并不重要)。她很肯定地说她一直监视着埃德温的房间，整整一小时。在此期间，埃德温的窗户上一直有灯光，而雪停了。

最后，哈尔曼小姐回到了她的房间，她很快就睡着了。在两点钟左右，她被外面的喧嚣声惊醒了。她跑出房间，透过走廊上的窗户，她能够看到斯比勒站在离埃德温的房间五六米远的地方。斯比勒正在和一个凶犯搏斗…哈尔曼小姐尖叫了起来，然后她推开了窗户。就在几秒钟之内，凶手逃走了。现场只剩下斯比勒一个人，她站在那里一动不动，抱着头，正处于绝望的防守姿态。在离斯比勒不远的地方就是塔楼的外门，那扇门开着，里面透出灯光。

在介绍房间里的惨状之前，我需要介绍一下地面上的雪的厚度。在哈尔曼小姐监视的一个小时里，地面上已经形成了一层积雪。而在院子中只有斯比勒一个人的脚印，在场的所有的人都可以作证。她的脚印从主楼的入口一直延伸到她遇到袭击的地方，离塔楼的入口还有三米多远。只有她一个人的脚印，您明白吗？

很自然，院子里的喧闹和叫喊声惊醒了所有的人。斯比勒在吐血，所以哈尔曼小姐留在外面照看她。萨姆勒和我最先进入了埃德温的房间。塔楼的外门完全敞开着，塔楼里面的门也开着，所以我们在院子里就能看到房间里的灯光。埃德温倒在房子中间的地板上，周围一片混乱：打破的瓶子，翻倒的家具，我就不多说了。进入房间之后，我们发现埃德温已经没救了：他的身上有很多伤口，浑身是血。”

查尔斯·曼斯菲尔德用一只手挡在了眼前，似乎想用这个姿势抹去可怕的记忆。然后他又用坚定的语气说：

“我下面要介绍一些很关键的事实，萨姆勒和我都可以作证：通向走廊的门上有一个结实的门栓，那个门栓被插得很牢固；房间里的三个窗户都是从里面关住的。其中的一个（朝西的）窗户是在哈尔曼小姐视线之内的。另外两个窗户是朝南和朝东的。在那两个窗户下面都有积雪，而且都比西面窗户下面的雪厚得多。因为经常有人打扫院子里的积雪，而南面和东面的雪没有人打扫就越积越厚。那两个窗户下面的雪很平整，也没有任何脚印。也就是说近期很长时间里都没有人在那两个窗户附近走动过。在断气之前，埃德温勉强向我们说了几个字,应该就是‘混乱之王’。后来的验尸证明致命的伤口是在腹部。凶器应该是匕首之类的东西,刃很长,很薄;非常的锋利。他身上的其他伤口都证明了这一点。我们在现场没有找到凶器…

但是,凶手在哪儿?肯定不在埃德温的房间里。我们察看过了,衣柜里和床底下都没有人!这个房子里也没有暗门,暗道之类的东西,警方都仔细搜查过了。那么,凶手是如何逃离现场的呢?爬烟囱?那个烟囱太窄了!从敞开的门?有可能,但是他必须轻如鸿毛!因为雪地上只有斯比勒一个人的脚印,塔楼的门口没有,周围也没有…说他能踏雪无痕并不夸张,因为哈尔曼小姐明明看到有人在袭击斯比勒。那个袭击者也没有在雪地上留下任何痕迹。所以,杀死埃德温的凶手和袭击斯比勒的是同一个幽灵…”

08 一扇敞开的门…

1

晚餐的气氛异常沉闷，没有人说话，只有刀叉碰撞瓷器的轻响。斯比勒和达菲内最先起身离开了饭桌。达菲内看似随意地说她们要去‘工作间’，有事的话可以在那里找到她们。但是她的眼睛很坚定地看着我，显然这番话是说给我听的。饭后我们品尝了一点儿主人的私酿，查尔斯·曼斯菲尔德随口预测说可能又要下雪了。匹国特，佛布，朱卢斯·莫刚斯通和我都默然不语。很快，匹国特起身走掉了。这个洋洋得意的家伙总是让我起鸡皮疙瘩，他总是装模作样地摆出很和善的保护者的姿态。但是这些都无法掩盖他的焦虑不安。朱卢斯·莫刚斯通教授很快也离开了，他一直保持着神秘而矜持的态度。过了一会儿，曼斯菲尔德也走了，客厅里只剩下我和埃德格·佛布两个人。他的嘴角一直挂着恼人的嘲讽的微笑，这让我很不舒服。他点上一支雪茄，心满意足地吸了一口；只有他知道我的处境多么艰难，而他现在看笑话的心态表露无遗。

这个家伙肯定想要戏耍我一番；我决定不给他机会，我要让他放弃‘猫捉老鼠’的把戏。我非常友好地和他搭话，主动地简要介绍了我的任务和角色，这下子他没有戏可唱了。我还告诉他说我是在最后关头替代了原定的侦探，但是我没有透露原因和其他细节。让他去猜测好了。

他盯着我看了半天，然后简短地说：

“您知道我是知情人！”

“是的，今天下午匹国特小姐告诉我了。”

“多么荒唐的主意！”他抿着薄薄的嘴唇说。

“您是说请私人侦探？”

他耸了一下肩膀：

“我当然不是说这个…她应该先和我商议一下再去找您，或者是您的同伴。我一听到她的方案就觉得荒唐可笑——装作是恋人！想想看她的岁数和您的岁数…真是胡闹！她突然有了一个年轻的未婚夫！这…这显得…嗯，就说是过于夸张吧。她向我透露这个计划的时候，我就是这么对她说的。可是已经太晚了…”

“不过，到目前为止，所有的人都接受了我这个‘未婚夫’。”我虽然心里完全没底,还是装出非常自信的神态。

“您真的这么以为?”他冷笑着说,“要是我在您的位置上,我就不会这么自信。不过这都不重要。”

他看起来很激动,语调透出一种恼怒。我不知道他为什么会这样(不过我后来明白了)。他的太阳穴上的青筋乱跳,他的鹰勾鼻子,还有冷淡而严谨的态度都给我留下了深刻的印象。我暗想:从职业的角度来考虑,萨姆勒·匹国特的这个合伙人肯定很能干。

“匹国特先生并不知道他的妹妹的计划,是吗?”我问。

“不知道。她担心匹国特会生气。她没有告诉匹国特就证明了这一点。”

“但是为什么会生气?她完全是为了她的兄长的安危着想,这是值得嘉奖的善意之举!”

“你知道这个房子所遭受的威胁,对吧?您也知道那个在圣诞节期间在这里出没的东西?”

“我知道。但是一般来说,受威胁的是曼斯菲尔德家族的成员…”

“他很快就会成为这个家族的一员…”

“他感到不安,这可以理解。可是,他的妹妹请私人侦探来保护他有什么不好?卡特琳娜为什么不愿意他知道?”

佛布犹豫不决,他上下打量了我一阵,然后才说:

“在面临危险的时候,匹国特先生有他自己的想法和策略。而且他自己已经采取了行动。所以,如果有人采取了不同的策略,我猜他不会开心的。卡特琳娜肯定是这么想的,我也倾向于这种判断。”

“那么,他的对策是什么?我不明白。如果他要破解这个谜团,只有私人侦探能帮上忙…等等,我明白了:朱卢斯·莫刚斯通教授是一个乔装改扮的警察。对吗?”

“斯托克先生,您快要猜中了。不过您猜得并不准确。朱卢斯·莫刚斯通教授确实是受雇于匹国特先生,但是他的调查方式和您的方式相差十万八千里…”

尽管房间里只有我们两个人,埃德格·佛布还是小心翼翼地看了看周围。他神秘兮兮地低声说:

“听着…如果你想要知道更多的情况,晚上十点到客厅里来。我不能向您透露更多的东西。您自己看看就明白了…”

2

走廊里的时钟敲响了九下之后,我走进了‘工作间’。我看到斯比勒坐在黑暗当中,她的位置和昨天一样——坐在一把桃木质地的高靠背椅上。[①]那把椅子很漂亮,是奇彭达勒设计的‘哥特式’风格。斯比勒正在给一件儿童外套的扣子绣花边。她看见我走进房间,勉强地一笑,然后又低头忙她的活

① Thomas Chippendale (1718–1779) est un créateur de meuble anglais (voir en:Thomas Chippendale)

计了。达菲内坐在房间的一角阅读书籍，她会心地瞟了我一眼。在金色的炉火的背景之下，这两个姐妹优雅的侧影形成了动人的美景。这幅画面散发出一种安详从容的感觉，和笼罩着曼斯菲尔德家族的危机感格格不入。我坐在一台织机旁边的凳子上，假装对那个古老的工具很感兴趣。

“您还没有告诉我您对于‘混乱之王’的看法。”一阵沉默之后，达菲内发话了。“我看您对此很感兴趣…”

“这…这个故事实在是让人很难相信。”我回答说。我在心里暗自称赞‘小蚂蚱’，她的这个问题巧妙地把话题转到了我最想要谈论的题目上。“这个故事太匪夷所思，我真的不知道该怎么评价。我要承认：我通常不相信鬼魂之类的东西。不过，你们是怎么想的？你们昨天晚上还亲眼看到了那个苍白的面孔…那个面孔到底是什么样子？”

“斯托克先生，我们对于‘混乱之王’是深信不疑的。”斯比勒语调平淡地说，“至于那个惨白的面孔，我只能告诉您那很吓人…”

“只有他的外形还像是个人样。”达菲内说，“他的脸像是随便捏出来的，一片惨白…”

“…每年冬天，他都会出现…他在玻璃窗户后面窥探我们，而且总是在你毫无防备的时候突然出现。另外，他总是转瞬即逝，和他的出现一样突然；我们很难看清楚。”

“但是那天晚上，他攻击您的时候，您总应该看清楚了吧？”

斯比勒放下了手上的活计，我注意到她的双手都在轻轻地颤抖。

“没有，我什么都没有看到…因为我什么都不记得。”

“您什么都不记得了？”

“我很清楚得记得埃德温的房门敞开着，里面的灯光洒在雪地上。我听到了喧嚣声，很吵闹的声音；我的胳膊和腿都很疼痛，好像有人在打我；我还听到哈尔曼小姐在喊我，或者是在尖叫…这些我都记得。但是在这之前的东西，我毫无印象了。”

“但是您穿过了院子！”

“我知道。最让警方感到困惑的也是这一点…他们不相信我是在睡梦中…”

“您在…但是…”

“我的姐姐有时会梦游。”达菲内插进来说。

“啊！是这样…我明白了…我明白了。”

斯比勒昨天晚上就是在梦游，而我竟然没有想明白，真是够蠢的！昨天晚上，她的脸上毫无表情，而且步态怪异；我当时就应该想到是梦游。

“警方认为‘梦游’只是一个借口。”斯比勒又说，“他们认为这是我的诡计，为了让我的出现合情合理…”

“其实，他们的态度也可以理解。”达菲内说，“埃德温刚刚被刺死了，而凶手和凶器都不见踪影。正常情况下，逃走的凶犯都会留下脚印。”她又转向斯比勒说，“可是现场只有你一个人的脚印。幸好你在离塔楼的门还有一段距离的时候停了下来！如果你再多走几步…我不敢想象事情会如何收场。”

“可是，到底发生了什么？别忘了女家庭教师的证词。她看到您在和一个人搏斗，那个人肯定就是杀死埃德温的凶手！我们来考虑一下…凶手刚刚残忍地袭击了埃德温；他准备逃走。可是他突然发现您出现在他的面前。他并不知道您在梦游，他以为身份暴露了，以为要完蛋了。他朝您扑了过去，想要阻止您说话。但是又发生另一件他没有预料到的事情——他看到女家庭教师出现在对面的走廊窗户后面。他不顾一切地逃走了。唯一的问题，”我无可奈何地说，“就是他没有留下任何痕迹…”

“有一个警察甚至试验不带助跑地跳过三米远。”达菲内又说，“斯比勒所留下的脚印证明她当时的步子很正常。那个警察真的跳过了三米的距离，但是他往回跳的时候就遇到了困难。他从塔楼的门口跳回雪地的时候不可避免地会滑倒；他无法留下清晰的脚印，而且他的脚尖方向是背向塔楼的门口；斯比勒的脚印很清晰，方向是朝向塔楼的门口…他们这么试验一下并不过分，我们都亲眼看到他的试验…您可以理解，他们认为斯比勒通过一个远跳离开了犯罪现场。”

一阵沉默。为了缓解气氛，我问斯比勒她在做什么——

一个极其愚蠢的问题，任何明眼人都能看到她手上的活计。她向我解释说这件小外套是准备送给伦敦贫困街区里的孩子的;她平时的主要活动就是在这个房间里做这一类针线活儿。那些旧衣服都是信徒捐给教堂的,斯比勒把它们缝补好,然后和救世军一起把衣服分发给贫穷的孩子们。在临近节日这段时间,她们的工作量自然也增大了。斯比勒起身找来两件毛衣,她说是准备送给一个赤贫家庭里的一对双胞胎。达菲内接口说:

“这两件毛衣让我想起了那次你丢的那件…你后来找到那件毛衣了吗？”

斯比勒的脸突然涨得通红:

“没有,一直没有找到。肯定是有人把那件毛衣偷走了。还有尼古拉斯的宽袖外套,肯定是同一个小偷干的…”

我皱起眉头,请求她们介绍一下丢衣服的事情。

“在埃德温遇害的那天，我的姐姐就是在织补一件类似的毛衣。”达菲内解释说,“可是第二天毛衣不见了。”

这时,斯比勒坐回了那把高靠背椅。她的眼神朦胧,语调轻柔而飘渺:

“我当时就坐在这里,同样的位置上。我已经花了不少时间在那件毛衣上…我累了,开始数不清楚针脚了。尼古拉斯刚刚从伦敦回来,他进来问我打算什么时候再进城…他离开的时候遇到了埃德温。埃德温告诉我…我记不清楚他说的内容了。”

“我记得。你们在说匹国特。我听到了你们的对话，你们的嗓门很高。”

“达菲内，求你了。”斯比勒的声音微不可闻，“那是我最后一次见到埃德温。可是，说这个干什么？对了…我们在说毛衣的事情。第二天晚上，我跑到这里想要放松一下，一整天的盘问搞得我心烦意乱。可是，我就是找不到那件毛衣。这并不算是什么大事，可还是让我很诧异。接着，尼古拉斯说他的外套不见了，他记得把外套留在了这个房间里。不过他不敢肯定。”

“他后来找到外套了吗？”我问。

“据我所知，一直没有找到。不过和刚刚发生的谋杀比起来，丢一两件衣服是不值一提的小事情。”

达菲内突然站起来，离开了房间。她借口说不喜欢那本书，要去换一本。

达菲内的离去，或者说是我和斯比勒面对面的情境使得我的心怦怦乱跳。同时，我注意到斯比勒苍白的脸上也是同样的信号。我们之间的距离被一下子拉近了，我们都对此心照不宣。我向她承认说：我还清楚地记得我们两个人去年在阿勒达格格[1]的一条小街上第一次相遇的情形。她郑重地点

① Aldgate was the easternmost gateway through London Wall leading from the City of London to Whitechapel and the East End.

了一下头，说她也记得我。我站了起来，朝着炉火走了几步，然后又走到她的面前：

“可是，您当时为什么吓成那个样子？您给我留下的印象是因为看到我而恐惧…”

“您让我感到害怕，是的…不过，那不是您的过错…您戴着一顶怪模怪样的帽子；您的脸上全是雪…而且，在见到你之前，我听到铃铛的声音…铃声肯定是来挂在马匹脖子上的铃铛，不过…嗯，我看您已经明白了。在一瞬间，我以为您是…‘混乱之王’。”

她抬起美丽而明亮的眼睛看着我，她的眼神里毫无责备之意。她穿着一件丝绸上衣，纤细的脖颈轻微地颤抖着。我知道她的恐惧并没有消退，但是恐惧并不是令她激动的唯一原因。

“在我的印象中，您曾经请求我的帮助…”我捧起了她的手。

她并没有抽回她的手，我轻轻地抚摸着那双白皙的手，然后轻轻地把它们举到我的唇边。突然，门吱嘎地一响。我惊跳了起来，转身看到萨姆勒·匹国特威严的身影出现在门口。

09 幽灵，你在吗？

十点一刻，达菲内熄灭了油灯。客厅立刻陷入了昏暗，只有炉火闪动着微弱的光芒。我们都坐在一张桌子周围，手指按在桌子上。桌子是圆形的——但不是那种常见的独脚圆桌，而是有四个优美的桌脚，非常稳固。桌子看起来不大，但是我们都坐下了，并不算挤。在场的有查尔斯·曼斯菲尔德，他的两个女儿，萨姆勒·匹国特，佛布，朱卢斯·莫刚斯通，玛丽，还有我自己。只有尼古拉斯不在场，他明天要完成的工作和今天一样繁重，所以他早早地睡了。我们的手指能够感觉到桌面并不光滑，上面雕刻着一层浅浮雕，花纹朴实而优美。

读者朋友，您肯定已经猜到我们在做什么了；昨天晚上让我很好奇的事情又一次上演了。通过推理，您肯定也猜到了朱卢斯·莫刚斯通的真实身份——全伦敦最出色的通灵者（至少萨姆勒·匹国特是这么认为的）。

“要说招魂术,没有人能比得上朱卢斯·莫刚斯通教授。”在招魂活动开始之前,萨姆勒·匹国特向我介绍说。那位通灵大师点了一下头,用藏在乱蓬蓬的眉毛下面的眼睛严肃地看着我。匹国特接着说:“因为他是最棒的,所以我请他来帮忙。另外,我要提醒您:他曾经多次为国王陛下服务。而且,在苏格兰场遇到难题的时候,他多次施援;他向警方提供过很多准确的情报。”

“不管我们在哪儿,也不管我们去向何方,总有幽灵相伴。”莫刚斯通庄严地宣布说,“他们会用种种不同的方式出现。他们能够见证我们所无法察觉的东西。而且,他们从来不会说谎。”

“只有他能够帮助我们了解两个世纪之前所发生的神秘事件的真相…”匹国特又说,“我们要搞清楚当年的‘混乱之王’是怎么死的。袭击曼斯菲尔德家族成员的凶手是‘混乱之王’?还是另有其人?最近不断骚扰我们的是不是当年的‘混乱之王’?是谁谋杀了埃德温?他是怎么死的?我们一直在想这些问题,却一直没有答案。不过我们很快就会知道真相了,因为我们已经成功地和冥界取得了联系…”

我了解到:他们已经和一个‘彼得’联系上了。但是他们还不知道这个‘彼得’是不是彼得·约克,当年的‘混乱之王’。

我对他们的活动很感兴趣,于是我加入了他们的行列。我感到很紧张,并不是因为招魂活动——我从来不把这种事情当真；紧张主要是因为刚才我的鲁莽行为。匹国特走进‘女王的工作间’（我给那个房间起的绰号）的时候，他发现我对迷人的斯比勒的真实感情了吗？应该没有，至少他没有表现出任何怀疑。进入房间之后，他用平静的语气问他的未婚妻是否想玩一局西洋跳棋[1]。但是他礼貌地朝我一笑的时候，我有一种隐约的不安：他的笑容僵硬、做作，并不自然。达菲内曾经说过我的想法都写在脸上，难道我又露馅了吗？如果真是这样，萨姆勒·匹国特有双重理由鄙视我：引诱他的未婚妻，同时背叛他的妹妹卡特琳娜。

我还在胡思乱想的时候，朱卢斯·莫刚斯通的声音打破了沉默：

“彼得，你在吗？…我们在等着你，我们想要和你沟通…”

朱卢斯·莫刚斯通不断地询问了好几分钟，却毫无回应。我完全不知道这个‘彼得’以前是如何显灵的，不过我很快就知道了。几分钟之后，桌子轻轻地震动了一下。围坐在桌子旁边的任何人都可以用膝盖制造出这种效果；但是按照通灵者的说法，这是幽灵的回应。我们按照这个方法开始和‘彼得’交谈；由朱卢斯·莫刚斯通提出问题，如果桌子震动就是幽灵做出了肯定的答复，如果没有震动就是否定的答复。在黑暗当中，我很难判断出是谁在用膝盖顶桌子。我敢肯定是我的

---

① 西洋跳棋是一種兩人棋盤遊戲。玩家的棋子都是沿斜角走的。棋子可跳過敵方的棋子並吃掉它。

邻居当中的一个人在捣鬼;也许是莫刚斯通自己,也许是一个串通好的人,也许是有人在开玩笑。是谁捣鬼并不重要,重要的是我们和‘幽灵’之间的对话的内容。

“你有什么要告诉我们的东西吗?”朱卢斯·莫刚斯通问。

一下震动。

“是关于‘混乱之王’的事情吗?”

又是一下震动。

在场的人脸上都兴奋了起来。

“你能够告诉我们一些关于他的事情吗?”朱卢斯·莫刚斯通又问。

寂静。

“你还在吗?”

寂静。

“他死了吗?”

寂静。

“我和他沟通很困难。”朱卢斯·莫刚斯通自责地说,他的额头上满是汗珠。“彼得,你能否告诉我们去年杀死年轻的屠夫的凶手是不是‘混乱之王’?”

寂静。

“凶手是别人?”

寂静。

“他肯定不知道。”通灵者小声嘟囔着,“除非他走了。(他清了清嗓子)还有埃德温被害的事情,你能向我们透露点儿什么吗?杀害他的凶手是‘混乱之王’吗?”

寂静。

“凶手另有其人?”

一下震动。

桌子边一阵惊诧的低语。

“埃德温不是被‘混乱之王’杀死的,你想说的是这个吗?”

一下震动。

“你知道凶手是谁吗?”

寂静。

“你不知道凶手是谁?”

寂静。

“彼得,你还在吗?”

寂静。

“有别人在吗?”

一下震动。

莫刚斯通慢慢地点了一下头,然后严肃地说:

“‘彼得’走了,另一个人替代了他…也可能是把他赶走了。在和灵魂沟通的过程中,经常会发生这种替换。这也解释了为什么刚才的回应断断续续…在和灵魂交谈的时候,首先要搞清楚对话者的身份。我们现在采用字典顺序,A...B...

C...”

在读到字母 P 的时候,桌子震动了一下。然后莫刚斯通又从头开始,第二个字母是 I。然后是一个 G,又是一个 G。这是大家都猜到幽灵要说的是 PIGGOTT①。果然,后面是一个 O 和两个 T。

所有人的脸上都是惊诧的表情，特别是被点名的匹国特。他结结巴巴地说：

“这太离奇了！怎么可能是我,我就坐在这里,你们都看到了。”

“他说的不一定是他自己的名字，可能是他有话要对您说。”莫刚斯通轻声地说。

通灵者向幽灵提出了问题,看不见的对话者给出了肯定的回答。

莫刚斯通又开始用字母顺序提示幽灵,他得到了一串新的字母:V...E...I...T...E.

Vérité.②

“你打算告诉匹国特先生一个真相,是吗？”莫刚斯通问道。

一下震动。

“真相！什么真相？是关于神秘的谋杀吗？”

---

① 匹国特。

② 意为‘真相’。

寂静。

“是关于‘混乱之王’？”

寂静。

“是关于埃德温的死？”

一下震动。

那是一下很清晰的震动，然后是死一般的沉寂。随即，好几个人都抢着发言；莫刚斯通费了很大劲儿才让大家安静下来。但是和‘幽灵’的联系已经中断了；莫刚斯通又提出了很多问题，但是再也没有回应了。油灯被点亮之后，我看到大家都是一脸的迷惑。

“真相，关于埃德温之死的真相…”富有的批发商人思索着。他的一只手神经质地摆弄着怀表的链子，那根链子横在他的肚皮上（那个大肚子快要把马甲绷破了）。他的另一只手拉着斯比勒的手。多么惊人的反差啊：斯比勒的手细嫩、修长、白皙；而萨姆勒的手又短又粗。萨姆勒又嘟囔着：“为什么要特意对我说？”

“是啊，为什么专门对您说…”斯比勒一边说一边抽回了她的手，“这真够奇怪的…”

“不管怎么说，我们都不能放弃任何一点儿机会。”查尔斯·曼斯菲尔德说，“莫刚斯通先生，您认为我们下次还能和这个幽灵联系上吗？”

教授下意识地捻着一缕始终挂在他眼前的灰色的头发，

他回答说：

“当然可以。他的出现是有用意的，我敢肯定。但是，我们必须要有耐心…他们可不是召之即来的。也许明天晚上他会告诉我们更多的东西。”

“下一次，我们需要问问他：我们是不是面临新的威胁…”玛丽说。

她的声音里有一些不对劲儿，而且她的眼中也突然一亮；我觉得她肯定是看到了什么东西才说出了最后那番话。玛丽站在我们的后面，面对着壁炉旁边的书柜。她的眼光透过书柜的玻璃门，落在了一个我看不到的地方。

第二天将近中午的时候，我收到了欧文的一封电报。他约我下午在村子里的小客栈里碰面。我当时正好在客厅里，于是我随意地察看了一下前一天晚上玛丽盯着的那个书柜。在书柜里陈列着不少精美的瓷器，一个镶着金边的摩洛哥山羊皮包，一个珐琅眼镜盒，还有一把西班牙风格的匕首。那把匕首的刃很长，几乎是一把短剑。在刀柄和护腕上都有精美的雕刻，但是真正触目惊心的是：薄薄的、光芒四射的刀刃。

10 欧文的指示

天已经擦黑了。我离开曼斯菲尔德家的房子，急匆匆地朝村子的方向走去。刚才喝下午茶的时候，我急于想和欧文会面，喝茶太急了，现在喉咙还在隐隐作痛。我的心态没有逃过达菲内的眼睛：她猜到我急着出门；我笨拙对她说要到外面去呼吸新鲜空气；费了好大的劲儿才摆脱掉'小蚂蚱'。

走到门口的时候，我差点儿和埃德格·佛布撞个满怀。他的头缩在大衣领子里，帽子几乎压到眼睛上，匆匆忙忙地往房子里走。他简短地道了歉。我问他是不是去村子里了，他含糊地回答了一句就走掉了。

我满怀心事，所以没有在意他这种鲁莽的态度。不管他，我加快了脚步，只用了一刻钟就赶到了村子里的小旅店。旅店的大堂风格朴素，黑黢黢的柱子支撑着低矮的天花板。旅店里冷冷清清，只有在大堂的角落里坐着两个客人。我认出了欧文·伯恩斯，他精心地打扮一番——上身是一件旧粗花呢上衣,脑袋上斜扣着一顶狩猎鸭舌帽。和他坐在一起的男孩子并不陌生:哈瑞·尼克罗斯,斯比勒的前未婚夫。我在离他们不远的地方坐了下来,假装不认识他们。欧文坐在那里一言不发,只是频频点头;而坐在他对面的哈瑞·尼克罗斯则滔滔不绝。尽管他的声音很低,我还是能够听出他是在恶狠狠地抨击、咒骂。五分钟之后，

哈瑞·尼克罗斯起身向欧文告别,然后离开了小旅店。

“瞧,这个年轻人毫无幽默感。”欧文看着他离去之后说，“喜欢嫉妒的人都这样。”

我坐到了欧文的对面，我向他解释了一下哈瑞·尼克罗斯和曼斯菲尔德家之间的关系。

“我亲爱的阿齐勒。通过对话，我已经猜到八九不离十了。根据我的观察,他一点儿也不喜欢那位新的‘未婚夫’…”

“匹国特？”

“嗯。好像这位匹国特先生曾经设下了圈套,让哈瑞·尼克罗斯远离曼斯菲尔德家的房子。这个哈瑞·尼克罗斯总是咬牙切齿地说话,要想理解他的话还真费劲儿。”

“您等了很久了吗？”

“我五点就到了。别担心,我并没有感到烦闷。刚开始哈瑞·尼克罗斯和他的一个朋友坐在一起。他的朋友好像有要事在身,急急忙忙地走掉了,他离开的时候差点儿把我撞倒。

他刚一走,这个哈瑞·尼克罗斯就抓住我不放…”

欧文的这番话让我立刻想到了在曼斯菲尔德家门口差点儿撞到我的人。我向欧文形容了一下埃德格·佛布的相貌,欧文说就是他。

“奇怪。”我说,“我不明白匹国特先生的合伙人和哈瑞·尼克罗斯有什么共同话题。也许,他是受匹国特之托来劝告哈瑞·尼克罗斯,请求他尽量远离曼斯菲尔德家族,特别是离斯比勒远一点儿。”

“很好, 很好…现在, 告诉我您在这几天里都发现了什么。不管多么微小的细节都不要放过,把您看到的和听到的都原原本本地告诉我。”

在接下来的半小时里,欧文都没有说话。他非常专心地倾听我的所见所闻。对于他这样一个死不悔改的贫嘴来说,半个小时不说话真是一个奇迹。

“了不起,阿齐勒。很了不起!您从容不迫地化解了危险!尽管您的道路上遍布陷阱和意外! 就说摔坏了脚踝这件事吧,您刚一上来就失去了唯一的盟友!可是怎么样?您从容地控制住了局面;而且,您还巧妙地加以利用! ”

我把啤酒一饮而尽,心中窃喜。不过,我还没有傻到完全相信我的朋友的这番颂扬之辞。

“顺便说一句,关于那位莫刚斯通教授,您可没有时先通知我。”

“匹国特小姐向我提到过这个人，但是我没有想到他这么快就出现了。阿齐勒,请您理解,我接手这个案子的时候也是猝不及防。我只是在上个星期和匹国特小姐见过两次面而已。好了,现在告诉我您对这个奇案有什么看法…”

“埃德温遇害的案子？”

“不是,我们呆会儿会谈到埃德温的。我是说您对整个事情有什么看法。”

“我不知道,我现在还想不清楚…在我看来,那些死亡事件完全无法用正常的逻辑来解释!还有半夜里装神弄鬼的仪式…对这件事我倒是有想法:我不相信真的有幽灵现身。还有,幽灵传话说要单独告诉匹国特一个真相,是关于埃德温遇害的真相;这也很可疑。首先,真的有人知道埃德温遇害的秘密吗?如果有人知道,为什么要单独告诉匹国特?是要提醒他加入曼斯菲尔德家族会有危险?我从来不信任那些自称能够提供忠告的家伙,尤其是那些搞通灵把戏的家伙。”

“非常有见地！阿齐勒,您的分析很有道理！我寻求您的帮助是找对人了,我真是太明智了！”

这个可恶的欧文！他把当成小猫来哄吗？他是不是想听听我满意地‘喵喵’叫？

他招呼旅店的老板再来两杯啤酒,然后他的表情严肃了起来:

“我要向您承认,事态的发展并不乐观。我可以对天发誓…很快就要出事了。但是,会出什么事情？要是我能…”

“哦？”

“…要是我能亲临现场就好了。算了,现在想要退出也不可能了。您明白,说匹国特小姐换了未婚夫,谁都不会相信的…”

“实际上,我现在的处境就已经够危险的了。如果还没到怀疑的程度,他们肯定也是够吃惊的。”

“我们没有别的办法了。”欧文丧气地说。

“您刚才是什么意思？您说谁不能退出了？”

“当然是说您了…”他直盯着我说,“您肯定隐瞒了什么东西！啊！我明白了！是斯比勒小姐让您晕头转向了,对吗？您在玩火,我的朋友。别忘了您的角色是向匹国特小姐献殷勤。顺便问一句,她什么时候出院？”

“明天。我们今天早上去探望过她了。”

“嗯,圣诞节是后天…阿齐勒,从现在开始,您要加倍地警觉。在下一次莫刚斯通招魂的时候,想办法找出暗中捣鬼的人。这非常关键。如果能够确定他的身份,我们就能判断出他的意图。”

“明白,但是我可不敢保证什么。”

“至于我这一边,我会尽力搜集关于这几个人的更多的信息…嘿,嘿,别这么看着我。阿齐勒,我也没闲着,我在搜集相关的资料！您以为我这四十八小时里都倒在美人的怀里…

您想错了,我可是有尊严的!

关于朱卢斯·莫刚斯通,我没有了解到太多的内幕信息。他是伦敦知名的'神通人士';在上层社交圈子里很受欢迎。到目前为止,还没有什么证据能够证明他是江湖骗子。

查尔斯·曼斯菲尔德在伦敦有两家店铺, 但是那两家店铺的生意已经走下坡路了。曼斯菲尔德家族的产业在代代相传的过程中不断萎缩。查尔斯是独子,传到他这一代的时候处境已经很艰难了。他很快就要开始变卖家产了,这很有可能。唯一能够拯救他的就是…"

"让他的女儿和匹国特联姻!"我紧握着拳头替他说出了答案。

"很正确。至于这位萨姆勒·匹国特,他的境况就好得多。他在[1]伦敦的码头区域有好几个仓库,他是英国主要的纺织品进口商之一,特别从印度进口的纺织品。根据我了解到的情况,要不是因为匹国特允许赊账,曼斯菲尔德早就该破产了…"

"我开始明白了。"我的声音充满了愤怒,"这个老混蛋在搞讹诈:要么他们同意斯比勒嫁给她,曼斯菲尔德家族可以继续繁荣下去,要么…他们就完蛋。"

① Docklands is the semi-official name for an area in the east of London, England, comprising parts of several boroughs (Southwark, Tower Hamlets, Newham and Greenwich) in Greater London.

欧文耸了一下肩膀：

“我亲爱的朋友，您太天真了。最体面的家族也会做这种交易的。目前我们只是这么猜测，不过照我看是八九不离十。我相信您会搞清楚这件事情的。我继续说，埃德格·佛布已经为匹国特干了十多年了。他刚开始只是一个伙计，但是凭借着坚韧不拔的劲头，他步步高升。现在他算是匹国特的亲信，甚至有人说实际上是他在掌管生意。匹国特平时只是做一些监督工作。至于他的妹妹，没有什么可说的。除了，嗯，她还没有嫁出去，这您已经知道了。允许我补充两句，她很富有同情心，很有教养，本性正直，对讨他欢心的人都非常温柔…”

“要是她有这么多美德，您还等什么？…”

“我的朋友，别忘了，现在您是她的未婚夫。”

“欧文，我没有什么理由继续扮演她的未婚夫…”

“好了，好了。别一副怒气冲冲的样子。我觉得这位斯比勒小姐让您失去幽默感了。好了，我们还是言归正传吧。关于‘混乱之王’，我只搜集到近几年的信息。那些代代相传的故事都太古老了。我也没有找到什么关于老乔治遇害的情报，那是四年前的事情了。验尸官认为是一桩很普通的谋杀案。去年，年轻的屠夫遇害的案子引起了很多议论。但是调查工作并没有什么实质性的发现。唯一能够确定的是：受害者的尸体在湖里泡了好几天。剩下的就是埃德温遇害的案子…这个案子就完全不同了。案情实在太离奇了，最后苏格兰场也介入了。您知道我在苏格兰场有一些朋友…”

欧文从上衣口袋里掏出一个信封，他把信封放到我面前，低声说：

“关于那个案子，所有重要的资料都在这里头。我不仅挑选了值得关注的信息，还逐字逐句地抄写了一些关键性的证词。另外，我在一些关键点上做了注解和评论。好了，都在这儿了。请您头脑清醒的时候好好读一读，我们下次再讨论。现在，我只做一个评论：这起谋杀如果不是幽灵的报复，那么就必定是内部的人干的。也就是说，是当时住在那所房子里的人干的；因为在房子周围的雪地上没有任何脚印。我还要补充一点，这个凶手是一位艺术家。我从一开始就坚信凶手是一位谋杀艺术家，否则的话我也不会接手这个案子。阿齐勒，请记住：这是艺术家的手笔；毫无疑问。”

“这位‘艺术家’晚上戴着小丑的面具吓唬人？”

“有何不可？一个庸俗的凶手会这么做吗？”

“老天，这么做有什么意义？已经三年了，他一直在玩这个小把戏！”

欧文盯着他的杯子说：

“我不知道他的动机…不管怎么说，这里危机四伏…”他突然转头望着窗户，“我听到马车的声音，应该是我叫的出租马车…”

“什么？您要走了！”

“唉，我必须走了，我的朋友！…有人在等着我…”

“那我们什么时候再见面？”

“我会通知您的。而您，如果您觉得有必要，可以随时联系我。”

他站起身，穿上大衣，整理了一下帽子；他似乎忧心忡忡并且犹豫不决。

“阿齐勒，我会仔细分析这些的。相信我…在此期间，不要忘了我的忠告。最关键的是想尽办法判断出是谁在‘招魂’的时候捣鬼。这个人可能不是杀害埃德温的凶手，凶手不会主动招认，更不会向匹国特一个人招认。应该是凶手之外的人，他可能了解谋杀的真相，也可能是猜到了什么…”欧文点了点头，他又叹气说，“他想要单独告诉匹国特，这实在是太奇怪了。”

11
一桩不可能的谋杀

我回到自己的房间的时候，已经过了十一点了。我拨了拨壁炉里的炭火，又往里面添了一块木柴。然后，我舒舒服服地坐到扶手椅里，膝盖上是欧文交给我的信封。我还没有来得及阅读欧文的信。能坐在炉火跟前真是件美事，尤其是走过冰冷的楼梯和走廊之后。我坐在那里，让自己放松一下；同时脑子里不断地回忆着刚才的‘招魂会’的每一个细节。这次‘招魂会’还是在同样的房间，参与者也很昨天一样。尽管我留意着每一个人的表现，我还是无法判断出是谁在振动桌子。刚开始的时候，我怀疑是匹国特。但是，经过观察，我发现每次桌子振动的时候，他都很惊诧；而且他惊诧的时机和其他人一样。随后我怀疑朱卢斯·莫刚斯通有问题，但那只是感觉。不管到底是谁，这个捣鬼的人非常狡猾，隐藏得很巧妙…总之，我的努力没有任何成效。

今天晚上的‘招魂会’实际上是延续了昨天的内容，那个自称了解埃德温遇害真相的‘幽灵’还是针对匹国特‘说话’。这一次，‘幽灵’让富有的批发商人做好准备：‘幽灵’很快就会和匹国特单独会面，到时候他会向匹国特揭露‘真相’。‘招魂会’结束之后，大家都向朱卢斯·莫刚斯通表示祝贺。查尔斯·曼斯菲尔德兴奋不已，在他看来谜团就要揭开了。他说如果朱卢斯·莫刚斯通成功了，曼斯菲尔德家族会对他感激不尽。埃德格·佛布也随声附和，他的兴奋劲儿和查尔斯·曼斯菲尔德不相上下。玛丽更是佩服得五体投地，她用崇拜的眼神望着莫刚斯通教授。只有斯比勒和达菲内的态度有所保留。至于匹国特，他对莫刚斯通所取得的成绩很满意，但是他显得很紧张和不安。‘做好准备’，让他做好准备，为什么是他？对于这个问题，莫刚斯通的解释是：是匹国特请求幽灵的帮助，所以幽灵要单独告诉他真相，这不足为奇。大家都对莫刚斯通的说法都表示赞同。随后，招魂大师提醒匹国特要注意态度；如果要了解‘真相’，匹国特就应该表现得更积极一点儿，不要总是将信将疑的态度。曼斯菲尔德也表达了同样的关切：“萨姆勒，我真不明白您怎么了！您现在的态度犹豫不决！我们很快就会搞清楚真相了！我真的没有想到，曼斯菲尔德家族有机会摆脱那个恶咒了！”匹国特很不情愿地承认说他的态度确实很傻。

我仍然记得欧文所说的最后一句话；同时，我自己也觉得匹国特的态度非常可疑。当然,我也要承认我对匹国特是怀有偏见的。俗话说,爱情让人盲目。现在我彻底理解这句话了——这不仅仅是一个比喻,爱情会实实在在地影响一个人的观察力。每一次想到匹国特的时候,我的视线和我的思维都是一片混乱。在几分钟之前,匹国特向斯比勒道晚安的时候,我看到他那胖乎乎的手握着斯比勒纤细的手指;我感觉触了电一样、天旋地转。

周围一片寂静。只有不断变幻的风声,时而是低沉的呻吟,时而又换成瓦戈纳的壮观的音乐。伴着风声,我徒劳地想着那些问题。我振作了一下精神,然后毫不犹豫地打开了信封。

信封里总共有十多张纸。前几张是对整个事件的简要介绍,和查尔斯·曼斯菲尔德向我介绍的内容差不多。我就不在这里赘述了。在信封里有一张地图,是房子一层的平面图。另外有一张纸摘要介绍了主要人物在那天晚上的活动情况,特别是埃德温的活动情况。

<地图>

(1)哈尔曼小姐看到‘人影’的位置。

(2)连接两个侧楼的木头长廊,离地面有七米高。

(3)通向埃德温的房间的塔楼,哈尔曼小姐看到的‘人影’从这里进入了塔楼。

(4)斯比勒的脚印停止的地方。

20:30，晚饭结束。斯比勒和达菲内离开了饭厅。曼斯菲尔德，佛布，埃德温，和匹国特小姐都进入了客厅。

21:30，尼古拉斯·杜德勒驾车回到了房子。他到'工作间'里看了一眼。当时只有斯比勒在'工作间'里。离开房间的时候，尼古拉斯遇到了埃德温。埃德温看起来和平常一样活泼。

22:00，埃德温离开了'工作间'。根据斯比勒的说法，埃德温的态度很正常，不像是夜里约了人。这之后就再没有人见到他活着。在这期间(或者晚一点儿)，多数人都去就寝了。但是玛丽，尼古拉斯·杜德勒和哈尔曼小姐没有睡。杜德勒夫妇在做一些整理工作，女家庭教师(哈尔曼小姐)还不困，她专心地阅读一本艾米莉·珍·勃朗特①的小说。

24:00，杜德勒夫妇回到了他们的房间。哈尔曼小姐是最后一个就寝的。房子里一片黑暗。在她的房间门口，哈尔曼小姐看到走廊的窗户(在房门的正对面)上有一个白色的面具。开始下雪了。

00:15，哈尔曼小姐看到刚才逃走的人影又回来了，他进入了通向埃德温房间的塔楼。雪下得很大。

01:15，哈尔曼小姐一直在监视埃德温的房间。她最终放弃了监视，回到了她的房间。雪停了。

---

① 艾米莉·珍·勃朗特（英文:Emily Jane Bront?,1818 年 7 月 30 日–1848 年 12 月 19 日)是著名的英國作家與詩人,在勃朗特三姐妹中排行第二。

02:00，一阵吵闹声惊醒了房子里所有的人。哈尔曼小姐的动作最快；透过走廊上的窗户，她看到斯比勒在院子里，而且正在和一个袭击者搏斗。哈尔曼小姐惊叫了一声，推开了窗户，袭击者不见踪影了。

阿齐勒，在介绍警方的盘问记录之前，我想要先讨论一下雪地上的脚印的问题。多个证人对于脚印的说法都略有不同。警方对雪地上的足迹进行了详细的勘察，他们比较了每一人的脚印。斯比勒的脚印非常清晰，从主楼的入口开始，穿过的中心院子，脚印的方向略微偏向埃德温的房间，最后脚印停在了离塔楼三米远的地方。院子中还有哈尔曼小姐的脚印，她从正门赶到斯比勒所在的位置，她的足迹的方向和斯比勒的足迹方向一致；随后两个人原路返回了正门。雪地上还有匹国特和曼斯菲尔德的脚印。他们两个人最先进入埃德温的房间，也是他们发现了埃德温的尸体。幸运的是，这两个人都很清醒，他们很小心地保护了塔楼周围的雪地。他们离开塔楼的时候也很小心，而且他们警告其他人不要接近塔楼。至于脚印本身，警方认为没有伪造的痕迹。院子里的雪有一厘米厚度，这给调查工作提供了便利：如果有人用大脚印覆盖雪地上已有的小脚印，他们能看到痕迹。对于降雪持续的时间，没有任何疑义。按照哈尔曼小姐的说法，从午夜到一点，至少一个小时。其他一些村民也证实了她的说法。从技术角度考虑，在十二点半之后，任何穿过院子的人都会留下痕迹;他的脚印会造成雪地上细微的起伏。而且哈尔曼小姐的证词表明:在十二点一刻之后就没有人走过院子。哈尔曼小姐的证词很有趣,她让警方很失望。我摘录了一部分:

“您说到的那个出现在窗户上的面孔，您不能说具体点儿吗？”

“我说过了。那是一个可怕的面孔,毫无血色,面相粗野…”

“他戴着帽子,是吗?您说过那个随即逃走的人影戴着一顶帽子…”

“嗯,应该是。但是他的面孔是贴在玻璃上,我当时无法分辨出他是否戴着帽子。”

“那么，您能否肯定一刻钟之后返回的人就是逃走那个人？”

“我可不敢打保票。不过他们的外形都一样:帽子,长大衣,鬼鬼祟祟的…”

“好吧。那么,您说那个人影直接进入了塔楼的门。没有敲门,是吗？”

“嗯,我认为是这样的…您要知道,这很难判断。因为他显得很犹豫…步子很慢…其实,塔楼外侧的门是从来不锁的…但是他可能敲了内侧的门——从塔楼进入埃德温的房间还要经过另一道门。”

“从这一点可以推测这个人很熟悉环境。好,我们继续,您告诉我们说埃德温的房间里有灯光。”

“没错。”

“您还看到窗户后面有人影？”

“实际上，我多半是靠猜测。我看不清楚，虽然窗帘没有完全拉上。”

“然后您猜测那是埃德温的一个朋友？”

“当然了。在我观察期间，并没有发生打斗…”

“哈尔曼小姐。您说过，当晚是圆月，把院子照得清清楚楚。现在，请您向我们描述一下袭击斯比勒·曼斯菲尔德小姐的人。您的说法含糊不清…”

“因为我是被喧闹的声音突然惊醒的…”

“喧闹的声音？这么说太笼统了…”

“低沉的声音，东西翻倒的声音，我怎么知道？我说过了，我是从睡梦中惊醒的！”

“好吧，请继续说说袭击曼斯菲尔德小姐的人。”

“我…我觉得袭击她的人就是先前我看见的人影…但是事情发生得太突然了，我不敢肯定。”

“那么那个人又是如何袭击曼斯菲尔德小姐的？请说具体一点儿。”

“她…他们在激烈地搏斗，我这么认为…这很难描述，我根本没有时间仔细看…我尖叫了起来…我推开了窗户，然后…然后…院子里只剩下斯比勒小姐了。”

“您的这些动作花了多长时间？”

“五秒钟，最多五秒…”

“也许有十秒？”

“不会的，没有那么长…反正我不相信有那么长。”

很自然，警方盘问了斯比勒，想要得到更多的信息。但是他们一无所获，因为斯比勒小姐患有梦游症，她那天晚上就是在梦游。这个解释并不能让警方满意。我摘抄了一段斯比勒的证词（负责这个案子的警官和斯比勒的第二次谈话）：

“警官先生，我再向您重复一遍。我那天很累，这种情况下我常常会梦游…”

“那么您听到响声之后，应该是立刻就‘清醒’过来了吧？”

“应该是吧…我记得听到了刺耳的女人的尖叫声…”

“您当时没有意识到有人在袭击您吗？”

“我感觉到了，我觉得有人在袭击我…”

“他是如何袭击您的？您能说具体一点儿吗？”

“我知道我在反抗，我知道有人想要抓住我，我的胳膊很疼…”

“您睁开眼之后没有看到袭击者的样子吗？一点儿都没有看到？”

“没有，我什么都没有看到…请您理解一下，我刚醒过来，又是晚上…我一睁眼就看到了塔楼里射出来的耀眼的灯光。而凶手是朝反方向逃进了黑暗之中，我没有看到他难道很反常吗？不管怎么说，我一直留在原地没动。那声尖叫…是哈尔曼小姐的尖叫，对吗…那声音吓得我动弹不得…”

“对您来说，这倒是好事。如果您再往前走几步的话…”

到底发生了什么？这个神秘的凶手怎么能够如此迅速地消失掉？更奇妙的是，他没有留下任何痕迹？也许斯比勒小姐和哈尔曼小姐都受了幻觉的影响？两个人在同一个时间、看到同样的幻象…这种巧合也太离奇了…更不可思议的是，刚刚杀害埃德温的凶手也逃走了，同样毫无痕迹。

医生鉴定了斯比勒身上的伤痕。她的胳膊和肩膀上有淤血（斯比勒的手的力量应该不足以造成那些淤血）。她的脸上也有伤痕，下嘴唇有伤口…尽管如此，警方仍然试图证明她是凶手（至少想证明她有条件犯罪），因为看起来只有她有可能是凶手。

（随后是一大段关于雪地跳远的实验的描述。达菲内已经向我介绍过那个徒劳无功的实验了。那个实验证明对于斯比勒的怀疑是不合逻辑的。）

地图：

(1)受害者所在的位置。

(2)塔楼，两扇门都是敞开的。

(3)通向走廊的门(从内侧锁住了)。

(4)翻倒的书架。

(5)窗户,窗帘半掩着。

(6)翻倒的扶手椅。

(7)床头柜。

匹国特的房间紧挨着受害者的房间。被惊醒之后,他立刻冲到走廊里,试图推开埃德温的房门。但是门锁住了,他又调回头往主楼的大门跑。他在半路上撞到了曼斯菲尔德,他刚从房间里出来。他们两个人一起赶到了大门,然后穿过院子到达出事地点。这两个人考虑得比较周到,他们没有碰任何物证(两个人都能相互作证)。进门之后,他们看到埃德温处于垂死的状态;断气前用微弱的声音说了一两个词。匹国特和曼斯菲尔德认为听到的是'国王'和'混乱'这两个词,但是他们不敢下定论。房间里是什么情况?通向走廊的门锁着,窗户也都是内侧闩住了。我还是借用一位年轻警员的描述吧:

…房间里一片混乱,就像是刚刮过龙卷风。受害者躺在房间中央的地毯上。在他的左侧是一个翻倒的书架,书架上的东西散落在四周:很多书籍、一些彩陶、一个青铜小雕像、一瓶没有喝过的葡萄酒、还有一些杯子(多数都碎了)。壁炉在北墙的角落(北墙实际上也是隔壁房间的南墙)。壁炉的左侧是翻倒的书架原来的位置,然后是通向走廊的房门。值得注意的是,拨火棍、火钳、风箱和壁炉罩都不在正常的位置上,而是在尸体旁边。壁炉前面的扶手椅也被翻倒了,只有柴火架在原来的位置上。炉火已经熄灭了,在炭灰中找到了一个一些毛织物(应该是一件毛衣的残余),还有一个酒瓶的碎片。床在正对着壁炉的位置,床上混乱不堪。原本挂在墙上的一幅画掉在了床上(在枕头一侧),画的内容是一场海战,画布被完全撕破了。床头柜在床和朝东的窗户之间,正对着塔楼的内门(通向院子的门)。奇怪的是:床头柜上面安安稳稳地摆着一盏点亮的油灯,毫无破损。天花板上的油灯同样也被人点亮了。在和壁炉对角的位置上立着一个大衣柜,柜门关着,里面有各种服装。大衣柜和里面的衣服都安然无恙,可能是因为柜门上的钥匙不好用。在床的右侧,一瓶威士忌翻倒在地面上。瓶子基本上是空的,上面有一些血痕。受害者趴在地上,头向着院子的方向,面部是痛苦的表情。死者穿着背心和蓝色的长裤。他的衬衫袖子被撕碎了,沾满了血迹。在被子里找到了他的外衣,和长裤的颜色一样。他的右手背上有伤痕,脸上还有轻微的擦伤…

验尸之后,医生确定死因是腹部的两处伤口。凶器应该是长而薄的利器,刺中腹部之后造成了内出血。这种创伤不会立刻致命,他在死前必然会遭受剧痛(和证人的证词相符)。胳膊和手上的伤痕都不严重,可能是由同一把利器的尖刃划破的。但是脸部的擦伤很显然是被指甲划破的。在盛怒之下,凶手竟然用手抓受害者的脸!

尽管警方仔细地勘查了房间里的每一个角落,他们没有找到凶器。这完全排除了自杀或者意外的可能性(这是不言而喻的,对吗?)。房间里没有任何暗道,同时警方也排除了凶手从窗户逃走的可能性——老式的窗户有两个上下移动的窗扇,都从内侧牢牢地锁住了。而且,窗户下面的雪地上也没有任何脚印。通向走廊的门上的插销锁着。埃德温是否习惯于进入房间后就随手锁好门?按照家人和仆人的说法,他没有这个习惯;但是谁也没有真正查证过。那个插销是很古老的式样,需要用力滑动,上面没有任何划痕。警方判断插销没有问题,不可能有人用拉杆或者牵线的方法从走廊一侧拴上门。

埃德温究竟是怎么死的?凶手又是如何逃脱的?警方一筹莫展。不过,他们能够肯定的是:凶手就是哈尔曼小姐在十二点一刻看到的人影,他从塔楼的入口进入了埃德温的房间。

受害者应该认识这个深夜造访的人。他不可能和一个陌生人平静地讨论那么久(参考哈尔曼小姐的证词)。

等哈尔曼小姐入睡之后,埃德温的房间里发生了打斗。他们很可能进行了无声的搏斗,有时候搏斗的双方都不想让别人知道,尽管他们都怒火冲天。当然,也可能是搏斗非常短暂。不管是哪种情况，书架倒下所发出的巨响迫使凶手迅速逃离现场。

凶手是如何逃脱的？警方做了很多徒劳的设想。一名警员猜测凶手是利用木质的悬空走廊逃走的——凶手可以像杂技运动员一样爬到走廊上去。但是悬空走廊的地面上布满了灰尘，却没有脚印（至少几个星期没有人在上面走动了）。而且走廊里只有窄小的天窗，连小孩儿都钻不过去。

事实都摆在这里了，凶手不可能是'人类'的一份子，也没有'人'能（在十二点半之后）踏足院子而不留痕迹。

警方也勘查了房子周围的雪地，没有发现异常的脚印（除了去报警的人留下的脚印）。也就是说，凶手当时就住在房子里。但是他如何不受重力影响地略地而行，这还是个难题！

谋杀的动机同样让人费解，生性活泼的埃德温和别人没有什么仇怨。除了传说中的'混乱之王'…那个面孔惨白的幽灵已经在这个宅子附近出没了几百年了（您读到这封信的时候肯定已经知道'混乱之王'的故事了）…

12
最后的准备工作

第二天下午，我的‘未婚妻’回到了曼斯菲尔德家的宅子。全体‘居民’都在门前迎接，我只好尽力装出很开心的样子，扶着四国特小姐迈上门口的台阶。

她的胳膊力量不够，无法靠拄拐来移动。于是她早早地回房间休息了，过了一会儿我也走进了她的房间。她坐在一把摇椅里，打着石膏的腿搭在一个小凳上。她的眼光越过窗户，出神地望着外面白茫茫的荒野。但是阳光和雪地并不能缓解她的忧虑，她转过头，朝我苦笑了一下：

“天气真好，不是吗？”

“天气确实很好，但是太冷了。在炉火旁边还好。”我一边说一边搓着手。

“人只有独处的时候才能感受自然的真正的魅力。”她回答的时候强装出笑意。

我走到窗户跟前，把额头贴在窗玻璃上。在百茫茫的雪地上有一条银色的丝带，从东侧楼后面的马棚边一直向村庄的方向蜿蜒而去。毫无疑问，那就是两天前我抱着达菲内跳过的小河沟。我的耳边又回响起达菲内的笑声——我们倒在雪地上的时候，她笑得很开心。但是我的思绪很快就回到了现实的问题上。

“您好像有心事，斯托克先生…”

“考虑到目前的形势，我怎么可能没有心事。不过，我们要先讨论一个严肃的问题：有人在怀疑我们之间的‘关系’——即使不是多数人也是很多人。我不知道这个幌子还能坚持多久…”

我看到卡特琳娜·匹国特的脸上掠过一丝阴影，她缓缓地点了一下头。

“您向埃德格透露过您的身份吗？”她问。

“是的，但是我们只是简短地交换了意见。我…觉得您的做法让他很惊诧…我是说让私人侦探扮演‘未婚夫’这件事情。”

匹国特小姐露出了一个坦率而淘气的笑容：

“我知道。”她的语气就像是做了错事，正在撒娇的小女孩儿。接着她垂下头说：“埃德格，您要知道…埃德格很喜欢我。”

我无法掩饰自己的惊讶：

“喜欢…但是…”

“是的,他喜欢我。您肯定在猜测我的反应。”

“嗯…是的,我确实很好奇…”

“我相信他的真心。”卡特琳娜·匹国特略带不安地说,“但是,请您保密。我们还没有告诉其他人,甚至我的哥哥都不知道。我和埃德格已经认识很久了,但是我们一直没有意识到感情早已经萌发了…啊。”她突然停了下来,“这些事情肯定让您觉得很无趣…”

“嗯…不是。在当前的形势下,了解到这个情况对我很有帮助。现在我就能够理解佛布先生的做法和态度了。”

接着,卡特琳娜·匹国特询问最近四十八小时里发生的事情,我如实地向她做了叙述。

“好了。”她说,“您已经了解了所有的情况!您现在有什么结论了吗?”

“坦率地说,我还没有什么定论。正相反,您的哥哥所聘请的‘侦探’有所收获。他借助了幽灵的力量…”

随后是一阵沉默,我用眼角的余光注意着卡特琳娜·匹国特的反应。我以为她会对朱卢斯·莫刚斯通教授的神通发表评论,但是她一言不发,而且脸上毫无表情。

“您觉得我的哥哥处于危险之中吗?”她突然问。

“我不觉得。至少他的风险并不比别人高。可是,那天晚上出现在两个女孩儿窗户上的‘东西’可不是好兆头。”

过了一会儿,我转到了餐厅。达菲内正在餐厅里忙着布置圣诞装饰,她在房间里挂上了银色的花边,还有冬青和槲寄的枝条。现在,她正在特别用心地装饰树立在房间一角的圣诞树。

再过几个小时,我们就要庆祝圣诞节了。要不是达菲内用灵巧的手指营造出了节日的气氛,我都忘记今天是节日了。房间里还有两个人,他们的态度却完全没有庆祝节日的喜悦——斯比勒和匹国特站在窗户跟前,阴沉着脸、沉默不语地望着窗外。我在房间里转了一圈,这两个人甚至都没有看我一眼。我可以理解斯比勒的态度:我们之间越少见面越好。

那么匹国特呢?他对我抱有什么态度?他知道我心中的渴望吗?如果能把他的未婚妻搂在怀里,哪怕只是一秒钟,我都愿意付出任何代价。我猜不出匹国特的想法,我唯一能够肯定就是:这个富有的批发商人现在很不安。他心存恐惧。

我走到达菲内那里,主动提出帮忙。达菲内自然是很开心。一刻钟之后,玛丽把达菲内叫走了——有别的事情需要达菲内。斯比勒也随即跟着她的妹妹离开了,房间里只剩下我和匹国特了。我只好硬着头皮走过去和匹国特搭话。我们先谈论了一番天气,然后匹国特询问我对于最近几次'招魂会'的看法。我谨慎地回答说摩刚斯通教授的法力让我大开眼界。这个回答显然无法令匹国特满意,谈话陷入了尴尬的停顿。过了一会儿,他又问我对于这个'混乱之王'的看法。

我愣愣地看了他几秒钟,这个问题完全出乎我的意料之外。匹国特说话的时候并没有看着我;他眯着眼睛望着窗外,似乎在凝视着落日。但是他的眼光凌厉,证明他在紧张地思考着。他的左手背在身后,右手不断地抚弄着胸前的金表链儿。他的姿态透出傲慢和威严,很有'小伍长'(译注:小伍长[拿破仑一世的绰号])的架势。不过,他和拿破仑只是表面上相像:匹国特的商业帝国是无法和让整个欧洲发抖的法兰西帝国相提并论的。

"我没有什么具体的想法。"我最后回答说,"这个传说已经很古老了。想想看…嗯,那个最初死在湖里的年轻人叫什么来着?"

"彼得·约克。"

"对!彼得·约克…要我说,如果不是他的幽灵作怪,就肯定是他的家人在替可怜的彼得报仇。"

"您刚才已经说过了,如果复仇也是很久以前的事情了,将近两百年了…"

"我知道。最近发生的谋杀很难和两百年前的事情联系起来,应该不会有人为了祖先的仇怨而谋杀。可是,谁知道呢?也许约克的某个后裔决定继续向曼斯菲尔德家族复仇。对了,在这附近还有约克家的后裔吗?"

匹国特没有回答我的问题,我又说:

“没有了，是吗？我这么问很愚蠢，你们肯定早就调查过了…”

“斯托克先生，您想错了。约克家族还有一个后裔。不过，唉！她已经不用约克这个名字了。”

“您是说一个女人？”①

“是的，而且是您认识的女人…”

“她…那么说，她住在这里？”

“是的。就是玛丽，我们的家政主管——和蔼可亲的玛丽。她的父姓是约克，是那位彼得·约克的直系后裔。”

这个新发现让我有点儿发蒙。我清了清嗓子：

“那么我刚才的猜测就毫无意义了。可爱的玛丽绝对是清白的…再说，她和曼斯菲尔德先生以及两位小姐都相处得很融洽。那个传说…”

“…只是茶余饭后的消遣。”匹国特打断了我的话，“或者说：曾经是个笑话。自从我们又看到白色的面具，又听到隐约的铃铛声…再也没有人当笑话了。”

这座房子里确实很少有笑声。我已经在这里逗留了好几天了，我听到的笑声的次数可以说屈指可数。从匹国特的脸色看，他现在满腹愁肠，根本顾不上欢笑。他的圆脸上皱纹密布，周围是花白的发卷和鬓须。

“我在想另一个问题。”我的脑子里突然闪过一个灵感，

---

① 在英国，女人出嫁后改用夫姓。

“这一系列可怕的事情的核心就是埃德温的死…”

匹国特惊诧地转过身，看着我。他嘟囔着：

“啊！…您真的这么认为？”

“是的。我认为只要知道了埃德温遇害的真相，就能解释整个神秘事情。”

“似乎很多人都有这种看法…”

“在埃德温遇害的案子里，有一个很奇怪的特点：缺少动机。据我所知，大家都很喜欢这个男孩子，所有的人。”

“所有的人，嗯…这么说有点儿夸大其词。”

“哦？到目前为止，我听到的都是他的优点…”

“这很正常。”匹国特露出一个神秘的笑容，“我们很少列举刚刚死去的人的缺点。不过，我可以向您保证，他完全不是您说听说的‘品德高尚’的年轻人。哦！一个迷人的小伙子，性格开朗，精力充沛，还喜欢恶作剧。这都是实情。不过…您知道吗？他居然向他的妹妹献殷勤？”

“他的妹妹？”

“我是说斯比勒，名义上的妹妹…”

我没有出声。

“我认为他的行为很不检点，招人反感，您不觉得吗？他利用了我的朋友曼斯菲尔德的第二次婚姻，拉近他和斯比勒之间的关系。”

匹国特居然有脸指责别人的行为不检点！他自己才是真

正的无耻之徒！我义愤填膺，但是还是忍住了没有发作。

“哦！斯比勒从来向我透露过这些。”他接着说，“是查尔斯，他的父亲不久前告诉我的。不过我并不感到震惊。实际上，我一直对这个孩子有所保留。我觉得他性情古怪，过于自信。另外，查尔斯向我透露的这个信息让我突然想明白了一件事情：您还记得您刚到的那天在路上看到的那个没有教养的男孩子吗？斯比勒曾经头脑发热地喜欢上了他。”

“我记得他…是叫哈瑞·尼克罗斯。他有一天突然离开了村子…”

匹国特清了清嗓子，突然显得扭捏起来：

“对，对。但是他并不是像您想象得那样无情…实际上，他是被人刷了。在不久前，他在我的一个朋友那里找到了一份工作。我的朋友负责加来和①临多夫之间的货运，他…”

匹国特突然停了下来，他瞥了我一眼，然后耸了一下肩膀。

“说这些干什么！”他冷冷地说，“都是过去的事情了。我只是想说埃德温…是一个普通人。”

我明白他的言外之意。很显然，萨姆勒从来就不喜欢性格活泼的埃德温。而埃德温又被神秘地谋杀了…我的脑子逐

① 加来(Calais)，亦譯加萊，是法国加来海峡省的一个城市。英吉利海峡中最狭窄的临多夫–加来海峡只有34公里宽，离加来最近的英国城市是多佛尔，加来與多佛是法國與英國最近的渡口。

渐形成了一个想法，我越看匹国特越觉得他可疑。尽管他穿着合体的上衣和礼服，脖子上有浆过的领结，他其实很不自在。是的，他心里有鬼。因为一个‘幽灵’说马上就要(向他一个人)揭开埃德温遇害的真相。假如匹国特本身就是凶手，那么‘幽灵’的口信肯定会让他惊惶不已。也许有人打算借机敲诈他，也许是真正的‘混乱之王’不愿意再替他背黑锅了…

13
血色圣诞节

午夜到了，教堂的钟声叮叮当当地响了起来。尽管钟声很遥远，还是给我们的圣诞夜带来了欢乐和轻松的气氛。我们聚在一起品尝着热乎乎的果酒，每个人都脸颊微红，每张面孔都带着笑意，我们无拘无束地畅谈着。玛丽用传统方法制作的葡萄干布丁受到了大家的一致赞扬，随后出场的烤鹅更是深受欢迎。连一贯绷着脸的朱卢斯·莫刚斯通也展开了笑颜。喝下第二杯上等香槟之后，他宣布说今晚‘招魂’是不会成功的。房间里所有的人似乎都和我一样沉浸在这欢快的气氛中，都暂时忘记了曼斯菲尔德家族的离奇厄运。只有斯比勒例外，她的眼神流露出不安，而且时不时地偷偷望着窗户。还好，窗户上没有出现什么让她恐惧的东西。在圣诞夜里，没有人见到‘混乱之王’的黑色身影，没有人见到他的白色面具，也没有人听到铃铛声。

第二天,圣诞大餐开始了。宾朋们兴奋地围坐在桌子旁边,品尝着诱人的烤乳猪。还有人在担心'混乱之王'吗?我想没有,至少在这一刻没有人愿意想起他。用餐结束之后,我向玛丽表达了对于她的厨艺的赞赏。这时,又有人提到了神秘的'幽灵'和他准备传达的消息。我们很快决定当晚再举行一次'招魂会',朱卢斯·莫刚斯通郑重地宣布说:他'预感'这次'招魂会'会有重大突破。他说话的时候,玛丽正在感谢我刚才的赞誉,随后她就悄悄地退下了。因为和玛丽说话的缘故,我的眼光下意识地跟随着她的身影。这个尼古拉斯·杜德雷真是好命,娶了这么好的老婆。我收回目光的时候,无意间扫过了书柜的玻璃门。我的目光立刻停住了——原本放着一把锋利的匕首的地方现在空了。那把匕首不仅寒光闪闪,而且做工精细,绝对是收藏家们梦寐以求的宝贝。

是有人故意拿走了匕首?还是仅仅换了收藏的场所?匕首是什么时候不见的?我想立刻搞清楚这些问题的答案,但是我最后放弃了。我的担忧是毫无道理的,只会破坏节日里的欢快气氛。

我们整个下午都在玩惠斯特牌。我和匹国特小姐一组,她可是一个惠斯特高手。斯比勒和她的未婚夫一组。斯比勒有几次出错了牌,她的搭档都毫不介意地原谅了她的疏忽。达菲内和她的父亲一组。她的搭档技术不佳,但是她玩得很开心。

天色很快就暗了下来。晚饭后，我借口头痛回到了我的房间。我回想了一遍这几天发生的事情，然后我想到了欧文在那天晚上所说的最后一句话："…他想要单独告诉匹国特，这实在是太奇怪了。"欧文当时的口气很特别，我现在回想起来觉得另有深意。欧文的脑筋转得比我快，他当时就想到了匹国特有可能就是杀害埃德温的凶手。他是怎么推断出来的？是根据'幽灵'的'口信'，还是说欧文所整理的资料当中有相关的线索？我又读了一遍欧文留给我的资料，但是没有发现任何有用的线索。唯一能引发联想的就是：匹国特的房间就在埃德温的房间的隔壁，是东侧楼的倒数第二间。

我看了一下怀表，九点了。离朱卢斯·莫刚斯通的招魂活动还有整整一个小时。有什么好办法能够揪出捣鬼的人？我冥思苦想了一会儿，却想不出什么好办法。无奈之下，我决定到客厅里去看看匹国特小姐怎么样了…顺便去'女王的工作间'看一眼（我很喜欢自己发明的别称）。实际上那个'工作间'只属于一位女士。

我在'工作间'里找到了斯比勒，屋子里只有她一个人。她还是坐在老地方，看起来比平日更加脆弱、苍白、也更加让人怜爱。看着斯比勒，我又想起了匹国特对于埃德温的评价。我从未见过这个埃德温，所以我也无法对埃德温的性格作出判断。但是，即使匹国特说的是实情，埃德温试图追求他的'妹妹'，我也不会责怪埃德温。如果换作我，如果我的身边出现一个像斯比勒一样的‘妹妹’,我的做法肯定也会和埃德温的做法一样。算了,我也没有资格评判别人的道德问题;我自己就在故意走进‘工作间’。

斯比勒抬起眼睛,又黑又长的睫毛扇动着。她的眼神混杂着严肃、催促和责备。

我在她的身旁坐了下来,装作对她正在绣的小桌布感兴趣。我表现得很随意,其实心里在怦怦乱跳。

“匹国特小姐已经就寝了吗？”她问。

“没有,我认为还没有…她应该在客厅里。”

“啊！”

这个信号很清晰。我立刻改变了话题：

“朱卢斯·莫刚斯通先生对今晚的‘招魂会’很有信心。谁知道呢?也许我们真的能从幽灵那里了解到埃德温遇害的真相。我们甚至能够知道凶手的真实身份…”

“可是，我们已经知道凶手是谁了！”她喊了起来,“是他！”

“他,‘混乱之王’？可是…”

“当然是他了！还能有别人吗！”她斩钉截铁地说。

“好吧…根据‘幽灵’前天晚上的说法,我以为是另有真凶…”

斯比勒的手抖得厉害,她不得不放下手上的活计。

“我已经告诉您了,就是他…那天晚上,哈尔曼小姐看得清清楚楚，不是吗？还有不时出现的人影和惨白的面孔，每年冬天都会来骚扰我们。如果那不是‘混乱之王’，您认为是什么？”

“也许是有人在搞恶作剧…”

“恶作剧！谁把杀人当作趣事？”

她的脸色骤然变了样。我笨拙地试图劝解她，她根本不听：

“您不明白，他马上就要出现了，他会…他会…”

“斯比勒，别这样…”

她一动不动地盯着窗户，喃喃自语：

“他马上就要出现了…”

看到她凄惨地噙着泪水，我情不自禁地把她搂在怀里。她在我的怀里抽泣了起来，我搂着她，就像哄小孩儿一样。她浑身都在颤抖，是因为恐惧？肯定是的。但是，她害怕谁？‘混乱之王’？是害怕她自己受到伤害，还是为别人担惊受怕？为了匹国特？不对，不可能是他…她想到要嫁给匹国特就已经很伤心了，怎么会关心他的安危。

尽管很短暂，把噙泪的美人搂在怀里的瞬间已经足够让人难忘了。斯比勒蜷缩着，钻在我的怀里，她的心挨着我的心。她的心跳慢慢地平静了下来。唉！美妙的时光总是极其短暂。斯比勒站了起来，我看到她又恢复了冷淡的态度。我知道她已经恢复了理智，我的美好时光结束了。

“我觉得您最好离开。”她一边说一边拿起了她的活计。

我一言不发地离开了。

十点整的时候，我们都聚集在了客厅里，围坐在那张圆桌周围。尽管卡特琳娜·匹国特尚未痊愈，她坚持要参加今晚的招魂活动。现在，桌子周围坐着十个人，从我的左手边数过去是(按照顺时针方向)：匹国特小姐，尼古拉斯，玛丽，查尔斯·曼斯菲尔德，萨姆勒·匹国特，斯比勒，朱卢斯·莫刚斯通，佛布，达菲内，以及我自己。所有的人都处于兴奋状态中，都焦急地等待着‘幽灵’的出现。其中匹国特的兴奋状态特别明显。

等灯火熄灭之后，我集中了精神监视着我的邻居们。炉火的微光只能隐约地照出周围的面孔，我倒是能够清楚地看到按在桌子上的一双双手。我可以肯定，是二十只手，没错。朱卢斯·莫刚斯通开始郑重地召唤‘幽灵’，这一次‘幽灵’几乎是应声出现了。这让所有的人都吃了一惊，但是更让人吃惊的是‘幽灵’的粗鲁回答。那一下代表肯定回答的震动极其强烈，甚至把我面前的桌子抬离了地面！桌子旁边的人们都被惊得目瞪口呆。这还不算什么，‘幽灵’的第二次答复更加猛烈：桌子好像要跳起来，我这边的桌沿快要砸到我的脸上了。我本能地使出全力压住桌子，我旁边的人也是一样。

我真想不明白，如果有人捣鬼，他怎么能让桌子发生如此剧烈的跳动？这几乎是不可能的。桌子并不算很重，可是肯定比普通独脚圆桌要重得多。我前面已经介绍过了,这张桌子有四个精美的弧形桌腿,但是桌腿的支撑点都落在桌面的阴影之下;所以要想让桌子跳起来是很困难的。而且,这不是简单的震动,是一股巨大的力量把我这边的桌面扬了起来,就像那张桌子要把我打倒似的。还有,别忘了我们的手都按在那张桌面上!即使我对面的人用脚或者膝盖使劲儿顶桌子,他的力量也不可能让桌子如此剧烈地跳动!

所有的人都把手张开,牢牢地压在了桌面上,准备应付'幽灵'的下一次猛烈的回答。与此同时,每个人的脸上都出现了不同程度的惊骇——甚至是恐惧。我们是在和一个真正的幽灵对话,这一点毋庸置疑了。所有的人都认为这绝对不可能是恶作剧的把戏(我自己就放弃了有人搞鬼的想法)。在场的人当中,朱卢斯·莫刚斯通无疑是最冷静的。不过,他因为兴奋和渴望而满脸通红。至于埃德格·佛布,他表现得很冷静,但是脸色惨白。他瞪大了眼睛盯着桌子,因为恐惧而嘴唇发抖。

今晚现身的'幽灵'就是上次出现的那一个。他的交谈风格一如既往:一下震动表示肯定,寂静表示否定。他还是准备向匹国特透露'真相'。

"真相…全部真相?"莫刚斯通问。

一下震动。

灵媒扫视了一圈桌边的人们。

“很好…很好…但是你打算什么时候透露真相？”他向‘幽灵’恳求道，“明天？…今晚？…还是现在？”

一下震动。

“你是说现在？”

对。

“现在？你打算告诉匹国特先生？”

对。

“在这里？”

不对。

“那么，在哪儿？”

我们被迫又采取了字母顺序的方法，‘幽灵’的回答是：“单独”

“啊！我明白了。你坚持要单独告诉匹国特先生，只告诉他一个人…”

对。

“那么，你打算在哪儿向匹国特先生透露真相？”

‘幽灵’的回答是：‘快’和‘单独’。

“你想要立刻告诉他，而且是一个人。”莫刚斯通平静地说，“我们明白你的意思。但是请告诉我们地点。”

‘小船。’

“在小船上，你是这个意思吗？”

对。

莫刚斯通不解地看了看周围的人。

一阵沉默,然后查尔斯·曼斯菲尔德突然喊了起来:

“嘿,我知道了。在小船上!他是说在湖上!湖里有一条小船!”

莫刚斯通询问了‘幽灵’,他得到了肯定的回答:连续三下震动。这之后,‘幽灵’就再也不出声了。灯光又亮了起来,匹国特徒劳地想要把他的双手藏起来,因为那双手在不住地颤抖。

“那么说,我必须现在就去湖边儿?”他嘟囔着。“可是…可是…这么作明智吗?”

莫刚斯通用坚定的眼光击垮了匹国特的犹豫,他郑重其事地问:

“匹国特先生,您当初请我来是为了什么目的?”

曼斯菲尔德也在一旁恳求说:“萨姆勒,想想我们家族的厄运…只有您能够把我们从中解脱出来…”

我的心中生出了对于匹国特的一丝同情(这大概是我认识他以来的第一次)。房间里的人多数人都在催促他去会见‘幽灵’;只有她的妹妹和斯比勒显得犹豫不决,他的合伙人佛布则是不知所措,没有发表意见。匹国特被迫屈服了:如果他拒绝的话,就会无可挽救地失去威信。他的恐惧是显而易见的,但是他到底是一个害怕被揭穿身份凶手,还是担忧自身性命的无辜者?我不知道。可怜的家伙,我可不想处在他的位置上。尽管我的脑子里闪过了很多胡思乱想,我可没有忘记自己的职责。让他一个人去和‘幽灵’会面确实太危险了,至少要有人护送他。我自告奋勇地做匹国特的后卫——跟在他后面。但是我和他之间必须保持一定的距离:不能太近,以免被人发现;也不能太远,要能够及时救援。这个提议很有效地缓解了匹国特的恐惧;尼古拉斯随即提出愿意陪着我,屋子里的女性们也随即松了一口气。

说了就干。十分钟之后,匹国特,尼古拉斯和我,我们三个人从房子的后门出发了。我们都裹得严严实实的,只露出眼睛。达菲内吵着要和我们一起去,但是我和她的父亲都断然地拒绝了她的请求。她很不高兴,但是没有办法,只能留在了房子里。斯比勒的态度则完全不同——她哭了起来(这一次是玛丽把她揽在怀里)。朱卢斯·莫刚斯通留在了客厅里,他一动不动地坐在扶手椅里,满脸大汗;他需要一段时间恢复体力,每次招魂之后都是这样。埃德格·佛布不见踪影。曼斯菲尔德扶着卡特琳娜·匹国特把我们送到了门口。

夜色很清朗,但是寒风凛凛。圆月的光芒洒在白雪覆盖的荒原上,让人产生虚幻的感觉。时不时爆发的狂风由东向西扫过平原,带来些许雪花。我们的视野很开阔,荒凉而平坦的雪地一直延伸到远处。

匹国特转过身,向我们挥了挥手。然后,他就坚定地一直向北面走去。

我们不慌不忙地跟在他后面，和他隔开大概一百码的距离。然后，我们也加快了脚步，以免被甩掉。匹国特走得很快，他的身影越来越小了。我转身问我的同伴，池塘离房子有多远？

“不到一英里。”尼古拉斯回答说，“走过去至少需要一刻钟，尤其是在雪地上走…您看到那个小山丘了吗？在远处，稍稍偏左的位置。”

“嗯…我好像看到有一个山丘。”

“池塘就在小山丘的后面。等您到了就知道了…”

我们慢慢地远离了房子，风势也越来越强劲。雪也越来越大了。这场雪不会长久的，因为我注意到东面一直被阴云遮蔽的天空正在放晴。我们不声不响地走在雪地上，耳边只有脚下积雪的‘吱嘎’声。我在脑子里不停地反复回想着整个事情：似乎每件事情都和‘混乱之王’相关，每个人都被他搞得心神不宁。突然，我有一种强烈的不详的感觉。

‘混乱之王’戴着他的白色面具，穿着斗篷，从地面上掠过而足不沾地，如影随形的是铃铛的声音…我还从来没有把这些听到的描述具象化。可是现在，我的脑子里出现了一幅清晰的画面。耳边的狂风不停地呜咽着，就好像是‘混乱之王’的申诉，好像是他在倾诉着怨恨——对于当年的伙伴的怨恨。那些人肆意胡闹，把彼得·约克推到了冰冷的湖水里。我仿佛看到冰洞中的‘混乱之王’挣扎着，他绝望地呼救，他的手徒劳地挥舞着；然后，他就消失在冰冷的湖水里了…

远处匹国特的身影还在继续前进，一直朝着小湖的方向…

这个湖就是两百年前，彼得·约克遇难的地方。也是当年的‘混乱之王’在圣诞节期间频繁出没的地方。

我们现在的做法好像并不理智。我们应该把匹国特叫回来，让他和我们一同赶紧回到房子里去！我斜眼看了一下我的同伴，他一直在盯着地面上的脚印——匹国特留下的清晰的脚印。我想要把自己的想法告诉他，但是他的目光坚定而执拗，我又把话缩了回去。

我们走了大约二十分钟。匹国特已经越过了小山丘，而我们刚开始爬坡。我们之间一直保持着大约一百米的距离。一分钟，或者是两分钟之后，我们爬到了小山丘的顶端。从这里能够俯瞰小湖的全景：湖在山丘脚下偏右的位置，是一个巨大的椭圆型，最长端大概有三百米。周围一片凄凉，湖面上是一片灰白，湖的对岸隐约可见几颗树木的轮廓。湖的东岸边不规则地散布着一些稀疏的芦苇丛，离我们最近的这一侧岸边什么都没有。一条小船停在靠近岸边的位置上，显然被冻结在湖水里了。匹国特正在朝着小船走去，他的身影在空旷的平原上很显眼。在他周围一百五十米的距离内，我看不到任何其他人影，我保证。虽然还飘着少许雪花，但是月光把每一寸地面都照得清清楚楚；不可能有人躲过我们的视线。

这时,匹国特离小船已经很近了,只有大概二十米。在我们和他之间是小山丘的斜坡，但是向下的斜度并不是均匀的,在中间有一个凹坑。这样就形成了一个新的小小的土包儿,过了那个土包儿就是湖岸了。尼古拉斯说,如果我们不想被人发现的话,最好不要越过那个土包儿。那里是一个理想的观察点。

我们花了大概一分钟才走到那个土包儿上。在此期间,我们的视线无法越过土包儿，因此也看不到匹国特的情况。风声更加凄惨了,其中还夹杂着一阵短暂而隐约的笛声。那个声音好像很遥远,我们都分辨不出那到底是什么声音。我们走到一半的时候(在凹坑的中间),土包儿后面突然传来了一声低沉的喊叫声——毫无疑问是匹国特的喊叫声。我和尼古拉斯对望了一眼,不约而同地加快了脚步往第小土包顶上赶去。

等我到了那里,眼前的景观更让我觉得虚幻:银色的月光倾洒在小湖和湖的周围,一片令人不安的寂静——风声似乎更加剧那种寂静的感觉。所有的东西好像都被凝固了,甚至匹国特也一动不动。他躺倒在湖岸边的雪地上,就在小船的跟前。

我们急忙顺着山坡往下跑，但是我们心里都很清楚:已经晚了。匹国特的右侧着地,身子略微蜷缩着。他的右手在头的旁边,似乎是要去抓近在咫尺的帽子——那顶帽子奇怪地翻倒在雪地上。他的长围巾的末端打成了一个结,在风中不断地抖动着。他的左手在胸口附近。一把匕首的手柄正插在他的胸口上,我敢说那就是从书柜里消失了的匕首。

我刚才远远地看到他躺在雪地上的时候,我就已经知道匹国特被谋杀了。现在,站在尸体的旁边,我突然意识到这起谋杀中反常的一面。我们的思维拒绝承认我们所看到的。这是一起不可能的谋杀!

在尸体的周围没有任何痕迹。覆盖着积雪的湖岸上没有脚印,湖面上也没脚印。虽然湖面已经冻住了,但是上面散落着刚刚落下的雪花;如果有人在湖面上走动,我们肯定能发现痕迹。没有人能够从湖面接近匹国特,从陆路也不可能:我们一路上只看到匹国特一个人的脚印。这还不算什么,我们的眼睛也可以作证。我们在小山丘的顶上明明看到匹国特安然无恙,而且他的周围一百多米的范围内都没有任何人,绝对没有。可是一分钟之后,匹国特倒在了雪地上。我们现在同样看不到一个人影!什么人能够在这么短的时间里神秘地出现,杀死受害者,然后又奇迹般消失掉?而且不留任何痕迹?

谋杀是不争的事实。'混乱之王'又一次延续了他的传奇故事。又是一个染血的圣诞节。

死神长着翅膀

"在冬季里，白茫茫的郊野，一艘小船静静地在湖边沉睡着…这难道不是一幅美景吗！美极了！无可比拟！纯洁而富含诗意的美景，我只能用一句话来形容：这是犯罪艺术家的杰作！"这是第二天下午时分，欧文所作出的评论。天空是一片灰蒙蒙的，维德科恩德警官、欧文和我一起站在湖边，凝视着不远处的小船。在我们面前的雪地上，匹国特的尸体压出来的印记还清晰可见。

昨天半夜里，邻近村子里的警察被从床上拽了起来。考虑到案情的特殊性，他们立刻通知了苏格兰场。作为苏格兰场的代表，夫兰克·维德科恩德警官急匆匆地感到了现场。欧文几乎是和他同时到达的，我一早上就给他发了一封急电。

苏格兰场的警官显然以前和欧文打过交道。在某个案件中，强大的英国警方竟然束手无策，只好求助于我的朋友欧文。而欧文不费吹灰之力就解开了所有的难题。夫兰克·维德科恩德警官应该快到四十岁了,他的下巴上有浓密的黑色胡须,他的眉毛也很重,给人很严厉的印象。尽管如此,他实际上是一个很冷静和沉稳的人。和欧文一起办案确实需要冷静和沉稳的性格:在苏格兰场里,没有哪位警官愿意忍受我那位朋友的怪癖。

欧文从地上捧起了一把雪(他总是戴着奶黄色的手套),他说:

“别忘了,如果不是这个案子有种种特殊之处,我是不会接受匹国特小姐的委托的。现在看来,我真是有眼光:幸亏我接受了她的委托。这是真正的卓越的犯罪,不是吗?凶手绝对没有时间完成谋杀:按照两位可信赖的证人的说法,地面上没有任何痕迹。而死者的胸口上就被插上一把匕首,匹国特自己是很难把匕首插到那个位置上的…真是妙极了!我不得不承认:这位凶手的才能和我不相上下,这是一件艺术作品。”

“您好像忘了自杀的可能性。”警官冷静地反驳说。

“自杀?怎么可能!您真的认为受害者在半夜里走了这么远,就是为了自杀?想想昨天晚上的情况,除非他是完完全全地疯了!好了,我们还是现实一点儿吧。自杀是完全不合逻辑的!”

“不管是否符合逻辑,这是唯一可行的解释。而且验尸官也会这么认定的，不管匹国特的行为看起来多么奇怪。他的行为现在看起来奇怪，但是我们的调查可能会发现隐情，我们会找到促使他放弃生命的理由。至于谋杀的说法，我们现在就是在寻找能够证明谋杀的证据。我和我的手下已经找了很久了…”

维德科恩德停住了，因为欧文似乎根本没有在听他的话。欧文从口袋里掏出了一个放大镜，正在全神贯注地观察他手上的雪花。他嘟囔着：

“艺术品…精美的结晶体…完美的几何结构…”

维德科恩德转头向我询问发现尸体之后的发生的事情，我如实回答：

“…匹国特已经咽气了，我们根本救不了他。所以我和尼古拉斯往回走。在快到房子的时候，我们看到了他…刚一开始，我没有认出他；尼古拉斯也没有认出他。他在雪地上踉跄而行，就像一个醉汉，嘴里还念叨着无法理解的话——似乎是在呼救。我们没有费什么力气就抓住了他，然后我们发现在鸭舌帽下面是埃德格·佛布的惊慌的面孔。他的状态很不正常，像是遇见了鬼，然后又狂奔了好几公里。他气喘吁吁的，像火车头一样喷着白雾。‘我看到他了。’他一边大口地喘气一边说，‘我看到了…他在雪地上飞翔…一个幽灵，一个黑色的幽灵，在雪地上游荡…他想要杀死我，我敢肯定…我拼命地跑…拼命地跑…当心，他应该还在附近…’我们把他送回了房子里，他在一路上还是不停地嘟囔着那些话。后来，我和尼古拉斯去通知了警察。”

“我们应当尽早盘问这位埃德格·佛布。”维德科恩德宣布说。这是一名警员快步走了过来。

“凯利，你们有什么发现？”维德科恩德问。

那个警员朝我们三个人扫了一眼，他吸了口气说：

“可以说有，也可以说没有…”他没精打采地说，“我们检查了佛布所留下的脚印…”他想了一下，然后蹲了下来，他在雪地上画了一个圆圈，“这是曼斯菲尔德家的房子。”他在旁边又画了一个圆圈，“这是湖。”他又在两个圆圈之间画了一条直线，“从房子到我们背后的小山丘是一段非常平缓的坡。受害者是从这条线的左侧经过，也就是说从西面经过。佛布是从右侧经过。我们顺着他的脚印检查了一遍(我们只找到一串脚印)。他的脚印是从房子的后门开始，往小山丘的方向走了不到一英里。他走得速度很快，但是没有跑。在从房子到湖的总距离的三分之二的地方，他的脚印突然掉了头，而且是奔跑留下的足迹。他先是按照直线跑了两三百码，然后他好像是昏了头，开始走之字形。不过大方向还是往房子的方向跑，最后他的脚印和另外两名从湖边返回的证人的脚印交汇了…”

“那么说，他没有到达湖边？”

“没有。这不太可能…考虑到他的脚印穿过了一条结了冰的小河沟,我们曾经设想过另一种可能性。”凯利在原来那根线的右侧又画了一条线,“这是那条小河沟,一直连接到湖里。佛布的脚印大约在中间的位置穿过了小河沟,返回的时候也是一样。我们设想过,他可以顺着小河沟到达湖边…但是,这是不可能的。那个河沟的水很浅,上面只是一层薄冰。要想保证走在上面而不压破冰层,必须极其小心,每一步都要慎而又慎。而且…他在跨越河沟的时候在冰面上留下了很清晰的脚印。但是,只有这么一处的冰被压破了;整个河沟的上游,一直到湖边,冰面都完好无损。说到冰面…”

凯利转头看了一眼湖,然后又说:

“实际上,这个湖上的冰面也不像我们想象得那么结实。只有湖的边缘上可以走人,我是说有可能…因为即使是湖的边缘上,有的地方也很危险。佛雷德刚才就踩破了一处冰面。佛雷德的超常体重当然是一个因素,但是理查德总不算重吧,他的份量还不如一个骑师呢…他刚走到了离湖岸三米或者四米的地方,他脚下的冰就碎了。他浑身都湿透了,被迫跑回房子里去暖身子。”

“您的意思是说:没有人能够从湖面上走过来?”

“除非他顺着湖的边缘,慢慢地走。要想飞跑是绝对不可能的。再说,我们没有在冰面上看到任何脚印。当然了,昨晚的风很大,冰面上的雪花会被卷起来又吹到别的地方去。所以,冰面上不大可能保留完整的脚印。是的…您有什么要说的吗，先生？”

凯利在问欧文·伯恩斯。

“我在想一件事情。关于那个小河沟…您说它是从湖的方向往村子流…我猜测还有另外的河流向小湖供水，以保证湖里的水位。”

“您说得没错，先生。我明白您的意思。”他转过身，指着湖北面的芦苇丛说，“在那里还有一条小河，大概是从很远处的小山流过来的。我们也检查了那条小河，冰面上同样没有被踩碎的痕迹。我们不可能沿着河道一直查到源头，但是我们检查过的长度已经足够了。”

“湖周围有什么发现吗？”警官问。

“我们没有发现任何人类的足迹。不过，在东边那几颗树的旁边有一只野兔留下的脚印。我们还检查了受害者，以及两名‘保镖’所留下的脚印。这些脚印都完好无损。除了我们今天留下的脚印，再没有其他脚印了…还有一点值得注意，昨天当事人留下的脚印有明显的特征：案发的时候正在下小雪，所以在当时留下的脚印之上会有一层薄薄的新雪。也就是说：不可能有人事后伪造脚印…”

“很好。”维德科恩特打断了他的话，“凯利，您的结论就是：除了两位证人之外，任何人都不可能接近受害人？”

“是的。在我们刚才所讨论的限制条件下，不可能有其他人接近受害者。如果没有时间限制，我倒是能想出另外的办法。比如说：穿着特大号的网底雪鞋，一步一停地在雪地上缓慢移动。网底雪鞋会留下很浅的痕迹，但是会被薄薄的新雪覆盖住，我们可能注意不到。或者，可以顺着那两条小河之一非常小心地匍匐前进，在湖边也必须这么匍匐前进…如果走运的话，可以用这些办法接近受害者，而不留痕迹…但是这无法解释时间问题，对吗？”

过了几分钟，维德科恩德警官，欧文·伯恩斯和沃爬到了小山岗的顶端。在一片白茫茫的荒野中间，那个冰冻的小湖成了一个黯淡的斑点。这可不是什么美景，相反，透出一股邪气：阴沉的天空、远处扭曲的光秃秃的树木、被风压得抬不起头的芦苇丛…湖里的芦苇丛呈马蹄形：从一个底部延伸出两个分支，一个分支长而稀疏一直向北面延伸出去，另一个分支短而浓密包围着通向村子的小河沟。两百年前的邪恶已经给这个地方打上了烙印，现在邪恶似乎要复苏了。

我刚才从山岗的顶端往第二个小土包儿走了两次，每次都模拟昨天晚上的速度。

“最多一分钟。”维德科恩斯说，“您走了不到一分钟。也就是说：匹国特不在您的视线之内的时间不到一分钟。而就这么短的时间，他被谋杀了。好吧…现在，请您仔细看看周围。您还坚持您的证词吗？您说在这里看到匹国特仍然活着，他正在接近小船，他周围一百多米之内都没有任何人；一分钟之后，您到达那个小土包的时候，他倒在了小船旁边，周围还是没有任何人？”

“我可以保证。”我说，“当时是满月；也许不像大白天那么清楚，但是已经足够了。我绝对不会改变我的证词。另外，杜德勒先生也会这么向您保证的。”

“如果是在夏天，身手敏捷的凶手也许能够实施谋杀。他可以在一分钟之内跑过一百米，杀死受害者，然后再逃走。但是，在冰面和雪地上就很困难了，甚至可以说是不现实的。再考虑到我的警员的调查结果，这完全是不可能的！一分钟，两分钟，三分钟，四分钟，受害者离开您的视线多久都是一样的！”

欧文点头表示同意，然后他向我提问，眼睛却看着别处：

“阿齐勒，您说在最关键的那一分钟里，在您看不到四国特的时候，您听到了笛声…是什么样的笛声？是火车的汽笛？是长笛的声音？还是鸟叫声？”

“都不是。那好像是从很远的地方传来的声音，非常细微，声音短暂，重复过几次。我猜测那是某种笛声…我只能告诉您这么多。”

欧文看了我一眼，眼神中不乏责备之意。然后，他亲自去湖边察看了一番。别看他沉默不语，一副神秘莫测的样子，我知道他是白费力气，毫无收获。检查完毕后，我们回到了村子里的小旅店。旅店的大堂里已经坐了好几个脸蛋儿被冻得通红的警员，他们正在开心地享用晚餐。乡村旅店的食物算不上什么美味，但是很丰盛。

“这儿的肥肉很不错。”欧文沉默了一阵之后又发话了，“或者是乡村的空气让人胃口大开。”

“也可能是因为几个小时的运动…”我补充说。

“阿齐勒，看来您又有精神了。还是，您在说反话？随您的便。不过，您最好把才能放在正事儿上。现在请您详详细细地介绍一下最近四十八小时之内，在曼斯菲尔德家里都发生了什么事？特别是昨天晚上的事情。”

我非常详细地介绍了所有的细节(除了我对于斯比勒的感情，您当然已经知道了)。听完我的叙说，维德科恩德的脸上显出了疑虑。

“我们现在唯一能够肯定的就是匹国特死亡的时间。”他把他的雪茄盒递到我们面前，“法医能够肯定他被匕首刺中之后立刻就死去了。这样的话，死亡时间是在二十三点左右。您和车夫是在二十二点四十分左右离开了房子，然后在雪地里走了不到二十分钟…”

“二十分钟，”欧文·伯恩斯点着了一根火柴，“这段时间足够凶手作案了…”

“您还是坚信这是谋杀？”维德科恩德问道。

“当然了，我亲爱的警官。您不会告诉我说您也相信幽灵杀人吧！那个让匹国特到湖边去见面的‘口信’明显就是一个陷阱、一个圈套。凶手肯定从第一次‘招魂会’就开始捣鬼了。

凶手在暗中敲打那张桌子,这是毋庸置疑的。”

“怎么可能?”我喊了起来,“欧文,告诉我怎么可能?我可以保证,没有人力能够让桌子那样猛跳!”

“别担心,我会解决这个技术问题的。等我检查了那个家具之后,我们再讨论这个问题…”

“我觉得欧文说得有道理。至少应该先检查一下那张桌子,桌子里肯定有什么机关。但是这并不会影响自杀的假说;相反,我认为这很符合自杀的假设。匹国特本人就参与了每一次的‘招魂会’。考虑一下他的古怪的行为,特别是昨晚他的精神状态,我认为很有可能是他自己让桌子‘说话’。通常,一个疯子的做法是无法用正常逻辑来解释的…”

“很好,我亲爱的警官。您说得很好。”欧文盯着冉冉而上的青烟,若有所思地说,“您最后一句话说得再正确不过了。”

警官笑了起来。

“嘿,如果您一定要把这个案子定义成为谋杀,倒是真有一种可能性。很简单:发现尸体的两个人合谋杀死了受害者…斯托克先生,别担心,我只是说说。我对您没有丝毫的怀疑。只要您没有从受害者的死亡中获益,您就没有什么需要担心的…”

维德科恩斯的话让我立刻想到了斯比勒,现在她的未婚夫死了,她又自由了。欧文朝我看了一样,我明白他早就想到了我的感情问题。欧文接过了话头:

“亲爱的警官，您难道打算用这种方式我们限制我们的调查？我和我的伙伴会继续追查真相的。”

“真相？可是，别忘了，我也是在寻找真相。”警官浅浅地一笑。

“那好。请您不要先验地认为这是自杀。还有，您认为这起死亡发生在圣诞节也是巧合吗？这起谋杀和几年前曼斯菲尔德的养子被谋杀的案子之间有不可分割的联系。还有，别忘了去年的那件案子，以及之前的案子…死亡的地点也不容忽视——那个湖是‘混乱之王’的私人狩猎场！”

“混乱之王…”维德科恩德打断了欧文的话。他眯着眼睛问：“现在您又开始相信鬼魂了？”

“并不是相信鬼魂。我是说在‘混乱之王’和最近的谋杀之间存在着逻辑上的联系。”

欧文向维德科恩德列举了‘混乱之王’当年的劣迹。维德科恩德警官的信心开始动摇了。

“难以置信…”维德科恩德用惊叹代替了评论，“按照我们今天的勘查的结果，只有非自然的生灵才有能力杀死匹国特！一个人类凶手？实在是不可能…”

“越是难以置信的东西，我越愿意相信。”欧文·伯恩斯夸张地说，“现在，我觉得我们应该考虑一下犯罪动机的问题了。

谁能够从匹国特的死亡中获益？或者说谁希望他死掉？

我看有不少人盼着他死…最基本的问题：谁继承他的家产？在了解遗嘱的具体条文之前，我们可以合情合理地假定他的妹妹会得到大部分财产…"

"匹国特小姐！"我喊了起来，"您觉得她会是凶手？别忘了，是她找您来进行调查的，目的就是保障她的哥哥的生命安全。她会请侦探来调查她自己准备实施的谋杀吗？"

欧文轻蔑地看了看我：

"这是摆脱怀疑的方法之一，您得承认。"

"那么她腿上的石膏，您又怎么说？"维德科恩德半开玩笑地说，"瘸着腿的谋杀犯？这可绝对是新创意！"

"她可能有同伙，就这么简单。下面考虑一下佛布…"

我打断了欧文的话，然后向他们介绍了匹国特小姐和佛布先生之间的'小秘密'。欧文心满意足地吸着雪茄，他对警官说：

"您看到了吗？又是一个嫌疑人，而且是重大嫌疑人。我亲爱的警官，等您见到匹国特小姐，您就会明白的。佛布先生看上的绝对不是她的动人的眼睛。卡特琳娜·匹国特是一个真正的'下金蛋的鸡'，而且要赢得她的芳心很容易。佛布的这种姗姗来迟的感情很可疑。"

维德科恩德警官点头表示赞同。他考虑了一下，然后有些激动地宣布说：

"这个家伙，我一定要尽快进行盘问。我还很想知道他半夜里出去闲逛的原因，还有发生谋杀的时候，他都看到了什么。”

“我也很想知道；这个佛布有问题。不过，我们也不能忽略了其他人。比如说占卜者——朱卢斯·莫刚斯通；目前看来他还不属于怀疑对象——他应该不会把请他作法的主顾干掉。但是在盘问他之前，我们还不能下定论。然后是曼斯菲尔德家的人。从纯粹的财务角度看，匹国特的死对他们来说是一场灾难。从个人角度看，正相反…嗯，阿齐勒，还是您来分析吧；您更有发言权。”

“斯比勒和达菲内，我认为她们并不喜欢匹国特。特别是将要被‘牺牲’掉的姐姐。我私下里认为：这场婚约是匹国特和曼斯菲尔德之间的商务协议中的筹码。为了家族的利益，斯比勒被迫作出牺牲。我认为她不可能杀任何人，但是她的潜意识肯定希望匹国特死掉。我认为这并不奇怪…”

“我现在开始明白了。”维德科恩德摸着下巴上的胡子说，“这个案子里，根本不缺动机…除此之外，还有其他人对匹国特怀恨在心吗？”

“至少还有一个！”来收拾我们的刀叉的旅店老板接口说，“而且，我可以说，是一个对匹国特恨之入骨的人：哈瑞·尼克罗斯。”

15 维德科恩德的调查

等旅店的老板走远之后，我们相互对望着，良久不语。我们的耳边还在回响着刚才听到的话：“他回来之后，变了很多…他以前是个不起眼的三寸丁…现在，哈，他可是脾气火爆…他整天都坐在这里，一直坐到打烊为止。他清醒的时候就坐在角落里阴沉着脸。可是等灌下两口黄汤，他就管不住嘴巴了。他会说匹国特的坏话，不停地咒骂…我没法重复他的话，那可不是什么好听的。”

“酒神啊！”欧文突然用一个拳头打在另一只手的手掌上，“我想起来了！阿齐勒，那天我等您的时候，我还和他谈过一会儿，就在这家旅店里。他确实说了很多关于匹国特的坏话，不过我当时没有留意。”

我提醒欧文说：我到这里的第一天，我看到哈瑞在曼斯菲尔德家的房子附近转悠。还有匹国特在圣诞前夜向我透露的内容。

“我们现在还不清楚事情的真相，不过我感觉已经有些端倪了。很可能匹国特早就看上了斯比勒——于是让他的一个朋友雇用了哈瑞·尼克罗斯。于是，小小的情敌离开了这里，到英吉利海峡去参与海运生意了。而匹国特就有了可乘之机。”

“我认为有必要尽快盘问一下这个年轻人。”警官站了起来。他又说：“不过，我们应该先听听曼斯菲尔德家的人、以及他们的客人们的说法。”

查尔斯·曼斯菲尔德把客厅贡献了出来，以便我们盘问不同的证人。而他自己就是第一个被盘问者。昨天晚上从湖边回到房子之后，我不仅向查尔斯通报了他的朋友的死讯，还向他透露了我的身份和此行的目的。他并没有过分责怪我，至少没有像匹国特小姐那样责怪我。听到匹国特的死讯之后，这两个人都伤心不已。实际上，查尔斯·曼斯菲尔德是深受打击：他突然驼背了，而且是一副绝望的表情。询问每个人的时候，维德科恩德警官首先问的问题是：在匹国特和我们两个随从离开之后，直到我们回到房子的这段时间里，每个人都在哪儿，干了些什么。查尔斯回答说：我们离开之后，他和匹国特小姐在一起呆了几分钟。但是匹国特小姐过于焦虑了，她告退了，说更愿意在她自己的房间里等消息。查尔斯自己也相当的焦虑，他当时看了一眼座钟，时间是十点四十五分。然后，查尔斯走进了客厅，发现莫刚斯通还坐在一把扶手椅里恢复体力。灵媒每次做法之后都是这样。查尔斯没有在客厅里久留，他进入了书房，打算给一个朋友写信。但是焦急等待的滋味并不好受，他一行字都写不出来。达菲内和斯比勒回到了她们的房间。至于玛丽，查尔斯认为她刚开始的时候是和斯比勒在一起(斯比勒似乎预见到了悲剧)。我们出发之后，查尔斯就没有见到佛布的影子，直到我和尼古拉斯把他带了回来。查尔斯听到噩耗的时间是十一点半多一点儿。

“曼斯菲尔德先生。在他们出发的时候，您还是持非常乐观的态度。”维德科恩德和和气气地说，“您认为匹国特和‘幽灵’在湖边会面之后，他肯定能够带来一些重要的信息，能够帮助您解开围绕这所房子的一些秘密。是这样吗？”

“是的。我是这么想的。我当时信心十足。但是，匹国特，他并不像我这么有信心。他好像害怕什么事情…我坚持让他去和‘幽灵’会面，强调说这关系到他的名声，关系到我们家族的名声…实际上，是我把他推向了死神。”

“那么说，招魂会上出现的‘幽灵’欺骗了您？”

查尔斯·曼斯菲尔德抬起疲倦而忧伤的眼睛，他说：

“给我们启示的‘幽灵’是一个恶魔…恶魔，那个一直纠缠着我们的恶魔。他每个圣诞节都会夺去一个人的生命…是的，这一次，他很狡猾。”

“如果我没有理解错的话，萨姆勒·匹国特所害怕的就是这个‘恶魔’。他也是为了这个原因找来了莫刚斯通先生，对吗？”

“是的。我们都抱了很大的希望。我相信莫刚斯通先生的能力，但是他的对手太强大了…”

维德科恩德站了起来，他拿起一个由警员刚刚送进来的袋子。他打开袋子，从里面拿出了那把做工精致的匕首。

“曼斯菲尔德先生，您认识这把匕首吗？”警官问。

“当然了。这把匕首是我的父亲留给我的。据说①是从西班牙无敌舰队的残骸中找到的…”

“您通常把它放在什么地方？”

曼斯菲尔德转身朝壁炉旁边的书柜看了一眼：

“应该在书柜里，我记得是在中间的位置…”

“您没有注意到这把匕首不见了吗？”

“没有…可是，您什么问我这些问题？”

“因为您的朋友就是被这把匕首刺死的。我们还知道：在圣诞前夜匕首还在，圣诞节那天晚上就不见了。”

“这…您的意思是？”

“我的意思是：我不太相信您所说的‘恶魔’，我更愿意相

① 無敵艦隊(古西班牙語：la Felicissima Armada 即最幸運的艦隊；現代西班牙語：la Armada Invencible 即不可擊敗的艦隊)是由西班牙國王腓力二世在 1588 年所派出，意圖征服英格蘭卻失敗的龐大艦隊。

信是一双正常的人的手从书柜里拿走这柄利刃的,而且他的目的很明确。”

曼斯菲尔德显得很迷茫:

“可是,我以为没有人类能够…”

“是的。实际上,我们认为是匹国特结束了他自己的生命,您所说的‘幽灵’也就是您的朋友。”

“这怎么可能!”

“哦,那么说,您认为他完全没有理由自杀?”

“毫无理由。除非是他突然发疯了。不可能,您想想,他请了英国最好的灵媒,然后又假扮‘幽灵’欺骗灵媒?…还借‘幽灵’之口指示他自己到湖边去会面,最后又在那里自杀了。这太荒谬了。”

“明年还有喜事等着他,对吗?”欧文·伯恩斯问。

“嗯,没错!等冬天过了,他就会迎娶斯比勒…”

“他对这桩婚事很热心,而且是期待已久?”

“是的,一点儿不错!”

欧文接着向查尔斯·曼斯菲尔德提起了哈瑞·尼克罗斯,还有我们了解到的关于哈瑞的事情。

查尔斯显得很尴尬。

“这和匹国特的死有什么关系吗?好吧,既然您问了,我可以告诉您:我对此一无所知。我不相信匹国特会使用卑鄙的手段引诱哈瑞离开这里。既然那个男孩子喜欢说闲话,您还是去问他好了…”

“我们肯定会盘问哈瑞·尼克罗斯的。您的女儿，斯比勒，她对这桩婚事持什么态度？”

查尔斯·曼斯菲尔德深深地叹了口气，然后不情愿地说：

“我想，嗯，她会用成熟的方式来思考这件事情。”

我们和查尔斯的会谈到此为止了。警官感谢他的合作，并请他把佛布叫进来。佛布已经恢复了神志，不复昨天晚上的‘困兽’状态。但是他还没有恢复到以前那种平静而自信的态度。

“我为什么出去？”他回答说，“当然是去保护我的朋友！我觉得他会有危险…事实证明我没有猜错。”

“这么说，您不相信所谓的‘幽灵’和他的口信？”

佛布涨红了脸说：

“我不信…最后一次招魂的时候，我觉得有问题。”

“很好。现在，请您介绍一下您离开房子之后发生了什么…”

他缩着脖子说：

“我不知道该怎么说…现在想起来，那好像是一场梦。等匹国特他们离开房子五分钟之后，我也离开了后门。我走得很快…我的脑子萦绕着那些邪恶的传说，我觉得危险就在附近潜伏着…我走了一段时间；突然，我听到一种轻微的、遥远的声音。那个声音在迅速地接近…”

“声音？什么样的声音？”

“我很难形容…有点儿像锯东西的声音。然后，我突然看到雪地上出现了一个人影。他在雪地上飞快地掠过…他浑身漆黑，我真的不知道该如何向您描述。我认为是那个‘混乱之王’出现了…我吓得魂飞魄散，拼命地往回跑…我还从来没有跑过这么快。”

“您觉得是您自己的想象力和幻觉在作怪？”

佛布耸了一下肩膀。

“很显然是这样的…这里经常发生一些怪事情。”

警官想了一下，然后又说：

“这对您来说倒未必是坏事。如果您一直走到匹国特的身边…”

“您什么意思？”佛布惊慌失措地问。

“您很清楚我的意思。如果走到了湖边，您很可能会被控谋杀。”

“被控…谋杀？我以为他不可能是被谋杀的，不是吗？”

“佛布先生，请告诉我。您目前的职业前景如何？您是匹国特先生的合伙人，是吗？”

“合伙人？我只是他的雇员。当然，我的职位很重要…”

“他的死亡并不会给您带来经济利益？”

“当然不会…正相反。我有可能失去这个好差事，如果…”

"如果什么？"

"如果公司被卖掉的话。"

"您知道死者对于遗产的处置方案吗？"

"不知道…我不知道…不过，我相信匹国特小姐会继承他的产业。"

"根据我所了解到的情况,您和匹国特小姐两情相悦…"

埃德格·佛布小声地嘟囔说他们之间的关系是最近才发展起来的。维德科恩德警官又换了一个话题,他拿出了那把匕首。但是佛布并没有提供什么有用的信息:佛布立刻就认出了那把匕首,但是和查尔斯一样,他没有注意到匕首不见了。这时,欧文·伯恩斯开始询问关于哈瑞·尼克罗斯的事情。

"我对他一无所知。"佛布显得越来越不自在了,"何况,我根本就不认识这个男孩子…"

"啊!我难道记错了吗?上次我看到您和他一起坐在小旅店里。"

"我只是去喝一杯。他正好在旅店里，于是我们聊了两句,仅此而已…"

维德科恩德警官感谢埃德格·佛布的协助，佛布离开了客厅。他刚一走,警官就宣布说佛布的心里有鬼。

"您是说他吓得发抖。"欧文回应说。他从口袋里拿出了放大镜,走到了圆桌的跟前。

"您对他的说法有什么评价？"

“我认为他的辩白很出色。他为了匹国特的安危着想，这也很正常…”

“我是说他看到的鬼影…”

“我不明白。既然您认定这是自杀，您又何必把鬼影的说法放在心上…阿齐勒，你们就是用这张桌子招魂的吗？我说，这张桌子可真够轻的！”

“我从来都没有说过它重。问题是，当您把手放在桌面上的时候，如何让桌子跳起来…”

“过来。我们三个人可以坐在这张桌子周围，模拟你们‘招魂’的活动。”

欧文·伯恩斯笔直地坐在凳子里，手掌摊开压在桌面上。他尝试了各种方法，用脚踢，用膝盖顶，用手压，但是都无法获得令人满意的结果。实验失败之后，欧文把我们打发到一边，转而仔细地检查那张桌子。过了一会儿，我看到他露出了一个狡猾的笑容，但是他一声不吭，没有透露他的发现。

下一个盘问对象是玛丽。她同样没有注意到匕首不见了。她说她陪着斯比勒回到了她的房间(和查尔斯·曼斯菲尔德的说法相吻合)，她在那里耽搁了几分钟，然后就回到了厨房。她需要准备第二天的早餐。对于维德科恩德提出的‘自杀’假设，玛丽断然予以否认。按照她的说法，匹国特根本不是会自杀的人。玛丽并没有说什么过激的话，但是她谈到死者的时候没有表现出丝毫的同情。我可以肯定地说，玛丽并没有感到忧伤。

接下来是卡特琳娜·匹国特——非常伤心的受害者家属。在十点四十五分到十一点半之间,她在卧房里苦苦等待。在此期间,她觉得匹国特正在面临危险,她的不安也越来越强烈。她的担忧如此强烈,以至于听到噩耗的时候,她都不感到吃惊了。悲剧最终发生了,就像她所害怕的那样。她当初请求欧文·伯恩斯的帮助,不就是因为害怕发生悲剧吗?她的哥哥绝对不会自杀的。公司的生意很好,而且他明年就要娶亲。她并不了解萨姆勒的遗嘱的具体条文。但是,萨姆勒不可能把财产馈赠给别人,当然是给他的妹妹。斯比勒?卡特琳娜觉得她的哥哥会很愿意留给斯比勒一部分,但是匹国特最近好像没有联系过他的公证人。

轮到斯比勒的时候,她苍白的脸色和空洞的眼神让我们三个人都很不安。她的证词对我们毫无帮助。简单地说,她认为这是一所遭了恶咒的房子, 里面住着一个无法无天的鬼魂。我们很难搞清楚斯比勒的态度;我只能说:作为一个刚刚失去未婚夫的女孩子,她的态度似乎太冷淡了。另外我还要补充一句:斯比勒的美貌给欧文留下了深刻的印象——这并不奇怪。

达菲内的证词和她的姐姐的证词一样,毫无建设性。她倒是没有忘了责备我,因为我和她的父亲一起禁止她去尾随匹国特。她自认为比我和尼古拉斯都要机灵——如果她在场，也许就能避免匹国特的厄运。欧文强忍住没有笑出声来。不过，达菲内的性格肯定给欧文留下了深刻的印象。他非常郑重地感谢达菲内的‘高见’；他还说：在后续的调查过程中，他很可能会向‘机敏的头脑’求教。另外，欧文称赞达菲内手上的戒指很漂亮。达菲内得意洋洋地离开了，两颊红扑扑的。

“我一直坐在扶手椅里没动。”朱卢斯·莫刚斯通宣布说。维德科恩德警官照例先询问他在匹国特离开之后的活动情况。警官的话刚一出口，他就警觉了起来。

“您一个人坐在昏暗的客厅里，一直坐着？…”

“是的。在正常的招魂会之后，我都需要时间休息，我需要恢复体力。这次也不例外。”

“您刚才说正常的招魂会？”

朱卢斯·莫刚斯通捻着手指头说：

“其实，最后这一次招魂会有些奇怪。我还是第一次见到幽灵如此凶暴…”

维德科恩德又带着嘲讽的口气问：

“说到‘幽灵’，您召唤来的这个‘幽灵’可真够奇怪的。他假称要揭露真相，要求和您的委托人单独会面，最后匹国特的心口上插着一把匕首！您怎么解释这些？”

“可是，我完全不需要解释什么！我的任务只是和幽灵建立联系，幽灵的所作所为可完全不关我的事情…”

“‘幽灵’的所做说为？您别开玩笑了！您把一个英国公

民——您的委托人——送上了黄泉路。然后您就急于摆脱干系！您的'招魂术'真是了不起！"

朱卢斯·莫刚斯通站了起来，摆出名誉受到玷污的姿态。他用因为愤怒而发抖的声音列举了一长串显贵的名字。他说这些人都是他的老主顾，他们都能证明他——朱卢斯·莫刚斯通——是一个值得信赖的灵媒。他还说，如果苏格兰场的某位警官非要把他当作江湖骗子，他会动用所有的关系让这个警官永远没有出头之日。

维德科恩德的语气明显缓和了下来：

"我想您错解了我的意思。我只是想要得到您的专业意见。您得承认，最后一次'招魂会'的结果很出人意料。"

莫刚斯通花了半个小时的时间，逐字逐句地复述了那几次'招魂会'上他和'幽灵'的对话。我已经在前面介绍过主要内容了，所以我就不赘述了。随后维德科恩德询问匹国特是如何找到莫刚斯通的，还有匹国特想要'招魂'的具体目的是什么。

"警官先生，我在灵媒的圈子里也算是个名人，您可以去打听一下。"莫刚斯通卖弄地说，"匹国特先生很清楚：只有我一个人能够帮助他。所以，大约一个月之前，他找到了我的办公室里。他向我叙述了曼斯菲尔德家族的神秘厄运，而且他告诉我说：他很快就要娶这个家族里的一个女孩儿。"

"也就是说，相比起来，他更关心自己的安危，而不是解开神秘的厄运？”

“我想是的。但是，我很清楚地告诉他说：他的安全和曼斯菲尔德家族的厄运是密不可分的。我知道，这次我们失败了…是惨败了。实际上，我们根本没有任何成效，尽管我们当时都信心百倍。”

朱卢斯·莫刚斯通沉默了一阵，然后他举起一根仍然在抖动的食指，在警官的面前晃了晃。他严厉地说：

“我能够肯定的就是：在这所房子里出没的幽灵非常恶毒，报复心极强。他的法力也很强大，我得承认，我这辈子都没有遇到过这样的幽灵！”

16 阿丽亚娜的线团[1]

我们和朱卢斯·莫刚斯通的谈话结束的时候，已经是下午五点了。维德科恩德向欧文建议一起回到村子里去揪出哈瑞·尼克罗斯。但是,欧文回答说这种差事维德科恩德一个人就够了,他更愿意和我一起在现场检查一些细节。他们两个人约好了晚上在小旅店会面,欧文已经那里在预订了一个房间。

等警官离开之后，欧文向房子的主人提出了一个请求：他想要到埃德温原来的房间里看一眼。查尔斯·曼斯菲尔德痛快地答应了,他还强调说:为了纪念埃德温,那个房间一直保持着原状;尽管他们之间并没有血缘关系,他把埃德温当亲生儿子看待。

① 在希腊神话中,阿丽亚娜是克里特王米诺斯之女,这位美丽又聪明的公主曾用一团小线帮助雅典英雄泰西逃出迷宫。

他把房门的钥匙交给了我们，然后就离开了。我们站在院子里，仰头观察着木质的悬空走廊。那条走廊给本已经灰暗的天空又增加了一片阴暗。走廊横跨在院子之上，有大概十二米长，离地面有大概七米高，顶端接近房顶，两端分别连接着院子两侧的塔楼。

“您觉得这个走廊和杀死埃德温的凶手的神奇逃脱有关系吗？”我问。

欧文似乎觉得我的话很好笑。

“您看过我留给您的资料了吧？阿齐勒，告诉我，想要从一个迷宫里脱身、找到出口，最佳的方法是什么？”

“嗯，我可以带着一个线球…”

“我不是这个意思。并不是让您从入口进入迷宫，而是蒙上您的眼睛，把您带到迷宫的中心，从那里开始。您一下子面对无数条错综复杂的路线，而其中只有一条路线能够让您重见光明。我们现在所面临的情况也是一样，一大堆难以置信的故事，等着我们去揭开神秘的面纱。我们并了解这一系列神秘事件的开端，我们也没有时间一点儿一点儿地分析这个系列当中的每一起事件…那样的话就太容易了。我们被抛在了一个迷宫的深处，也许是最黑暗，离光明最遥远的角落…”

“别这么多长吁短叹！我们到底应该如何走出迷宫？”

“很简单。只要一直用右手摸着墙壁，不要犹豫，沿着墙壁一直向前走。我们最终必然会找到出口，当然也有相应的代价：我们会遍历迷宫的每一寸土地。"

"用左手也行！"

"很正确，阿齐勒！您完全理解了我的意思。多数女人都给出了和您一样的答案，不过我承认，您的反映速度比她们快一点儿！不过，这不是问题的关键。我想要告诉您的是：通过系统地勘查，走过无穷无尽的走廊、遍历所有的死路之后，我们必然会找到真相。"

"您是说只要方法对了，剩下的只是时间问题？"

欧文仔细地整了整脖子上的白色丝巾。

"对于才智平庸的大多数人来说，这是最好的办法。但是，唯美主义者有更巧妙、更便捷的办法…跟我来，不要浪费时间了。"

我们走进了埃德温原来的房间。那个房间冰冷而潮湿；房间里到处是尘土，显然极少有人进来打扫。

欧文点亮了一盏油灯。他先检查了通往走廊的门上面的锁，然后他又转向旁边的书柜。他作了一个怪相。

"太可惜了。"他说，"他们没有完整地保持原状！算了！…"

"您是想说搏斗之后的混乱的场景？"

"是的。不过，我们不可能要求太高。"

欧文粗略地检查了一遍房间里的其他家具。但是他对于大衣柜里的东西似乎很感兴趣，他检查得非常仔细。等他关上柜门的时候,他露出了一个浅浅的笑容——那个笑容里既有嘲讽,又有得意。

“阿齐勒。尼古拉斯回到房子里了吗?”

“我觉得他回来了。我刚才好像听到他的马车声了。”

“很好。去找他,请他到这里来。”

我二话不说地去执行了他的指令。我很快就找到了尼古拉斯,然后带着他回到了埃德温的房间。他和我一样感到困惑。

“亲爱的杜德勒先生,”欧文指着大衣柜(他又把大衣柜的门打开了),用最和蔼的语气说,“您能否看看衣柜里面的内容…”

尼古拉斯因为惊怒而瞪圆了眼睛:

“可是,先生,这是可怜的埃德温先生的遗物…”

“我知道,我知道。但是您看一眼会伤害到谁吗?几年前,警察肯定也检查过这个衣柜…”

“是的,警察当然检查过…”

“但是您没有检查过,对吗?”

“没有。可是,这和我有什么关系?好吧,既然您坚持,我就看一眼…”

尼古拉斯先检查了一排背心和衬衫;他小心翼翼的,就好像是在亵渎圣物。检查到外衣的时候,尼古拉斯没有那么紧张了。突然,他停住了。他惊慌失措地看了欧文一眼,然后眼光又回到衣柜里。接着,他急匆匆地从衣柜里摘下一件肥大的深色外套,举到灯光附近仔细察看。

“我…这是…我觉得这件衣服是我的…”

“这个衣柜里的衣服都是男孩子的服装，他的应该是中等身材。而这件衣服显然属于一个像您这样的宽肩膀的男人。”

“是的,这就是我的宽袖长外套。”尼古拉斯小声说,“就是我当年丢的那件。可是,我的大衣怎么会跑到这里来?真是想不明白…”

“这个衣柜是个藏东西的好地方,不是吗？”

‘女王的工作间’里的小座钟发出了六下轻响。我刚刚向达菲内和斯比勒介绍了我们的最新发现。欧文被工作间里的各种摆设吸引住了，他似乎对于一个古老的纺车特别感兴趣。他还仔细观察斯比勒编织的毛线露指手套,装出很喜欢的样子。

“您真是了不起。”达菲内用赞赏的眼光看着欧文。“我们当时到处都找过了…您怎么知道那件衣服是尼古拉斯的？”

“很简单。我的朋友向我提到过他丢衣服的事情,而那件衣服比衣柜里的其他衣服都大。结论就很明显了…”欧文环顾了一下房间,“这是这栋房子里最漂亮的房间!平静、舒适、搭配的家具简洁优雅。简单来说,这里非常适合激发艺术灵感…小姐,您难道不是感受到了灵感？看看纸箱里这些迷人的毛线杰作，都是在这个房间里、被灵巧的手指创造出来的。”

斯比勒笑了,她的脸颊绯红。我心头因为嫉妒而一阵剧痛，他竟然如此轻易地就让斯比勒美丽的脸庞上出现了笑容。

“您真的觉得那些东西很漂亮？”斯比勒问。

“非常漂亮。我都能够想象到那些孩子们穿上这些衣服之后欢天喜地的样子。”

“顺便问一句，您没有在埃德温的衣柜里找到一件毛衣吗？”达菲内又插了进来。

“没有。我们并不是没有认真找。因为我知道丢大衣的同时还丢了一件毛衣。不过,请告诉我,当时是只丢了毛衣吗？我是说除了毛衣之外,毛线和毛线针是不是也不见了？”

达菲内耸了耸肩帮,表示并不知情。她转身看她的姐姐,而斯比勒的眼神一片朦胧。

“这都是很久以前的事情了。”斯比勒沉默了良久才说,“凳子上什么都没有了…不过,嗯…我相信…”

她站起身,走到门口的五斗橱那里。她拉开了最上层的抽屉,然后脸色苍白地对欧文说：

“毛线针和毛线团都曾经在这里。是的,我想起来了。如果它们在正常的位置上,我不会注意到的。您可以看一下,这个抽屉是专门放刺绣用品的…在悲剧发生两天或者三天之后，我在这里找到了针和线团。不过…不过…”

斯比勒又回到了她的位置上，她似乎陷入了遥远的回忆。过了一会儿，她问：

“您猜到我会有类似的回答，是吗？那您为什么还要问我？”

欧文整了整他的领带，眼睛也盯着他的领带。

“您要知道，艺术有两个方面。一方面是创造性：非凡的天赋、狂热的爱好、怪诞的性格、突发的灵感；另一方面是对于美的崇拜：追求完美、关注细节、一丝不苟。我同时具有这两种特征，有时候它们是分开来的，有时候是…”

“欧文，我不明白您在说什么。”我打断了他的话，“我们所要调查的谜案和毛线团有什么关系？…”

“阿丽亚娜的线团！”达菲内说。

“非常好！”欧文惊叫了起来，“只要跟随阿丽亚娜的留下的线就能走出迷宫！真是太妙了，阿齐勒，您不觉得吗？我们刚才还在讨论这个问题！小姐，请允许我再借用一下您的洞察力，请告诉我：您认得这顶帽子吗？”欧文从埃德温的衣柜里还找到了一顶表面凹凸不平的帽子。

达菲内盯着那顶黑帽子，皱着眉头，然后又看了看她的姐姐。最后还是斯比勒发话了：

“这好像是老提姆的帽子，他是我们以前的园丁…”

“您认为正常情况下，这顶帽子应该在什么地方？”

斯比勒走了过来，她把帽子拿到手上仔细地检查了一下。然后她优雅地一摇头,表示帮不上忙。

欧文并没有放弃：

“我猜你们会把这种旧的服装道具放在这个房间里,是吗？”

斯比勒盯着欧文看了一会儿,然后她把头转向墙边的一个壁橱。她朝着那个壁橱点了一下头。

“事实上,那里面有一些旧衣服。如果您坚持让我给出一个答复,那我认为这顶帽子可能是放在那个壁橱里。不过老提姆已经死了四年了…”

这时,有人敲门。进来的是尼古拉斯·杜德勒,他的身边还有一名便衣警察。那个警员气喘吁吁的,他的两颊被冻得通红。他急急忙忙地向欧文通报说：

“警官请您立刻到村子里和他会合…又发生了一起谋杀…受害者是一个叫哈瑞·尼克罗斯的人。”

17 轮到哈瑞了

那个警员在前面带路。他走得飞快,我们只用了十分钟就赶到了村子里的一座石桥的附近。我和欧文都被累得筋疲力竭。在桥下的河岸边上,有一些灯火在移动。维德科恩德警官戴着圆礼帽,正在指挥两个警员检查被积雪覆盖着的河岸。

我们下到桥的下面和魏克德恩德会合。他没有跟我们打招呼,而是直接把我们带到了桥拱的下方。在维德科恩德用灯笼照着地面之前,我们已经看到了雪地上深色的斑点。

"我们刚把他弄走。"维德科恩德神情严肃地宣布说,"他被人刺中了背部,手也受了伤——肯定是试图防卫造成的。你们看到的地上的血迹都来自他手上的伤口。"

"是谁发现了他?"欧文问。

"是我…我真是太走运了。他还没死,还有机会挺过来。

当然,他脱离危险的机会很微弱,事情总是这样的…

和你们分手之后,我就到村子里的小旅店里去寻找哈瑞的踪迹。他没在那儿。有人给了我他的兄弟的地址,说这个哈瑞住在兄弟家里。那所房子离这里很近。我找到了他的兄弟,他说哈瑞出门去小旅店了,刚走了不到十分钟。我在村子里找来找去的时候有点儿转向了,所以我往回走的路线肯定和哈瑞不一样。我觉得自己在兜圈子,我有点儿心烦了。于是我掉了个头。在我走上桥之前,教堂的钟刚刚敲过了六下。幸好是在我上桥之前,否则的话我根本不会注意到桥下轻微的呻吟声。我开始以为是猫在叫,不过我还是从桥栏杆上往下看了一眼。我看到他侧身蜷曲在地上,就在这个桥拱的石墩旁边。他的手上满是血迹,脸上是痛苦的表情。他的上衣的肩部位置还有一处血迹,但是我没有找到袭击他的凶器。尽管他已经一个字都说不出来了,我还是立刻断定他就是哈瑞·尼古罗斯。希望他能够脱离危险…”

欧文安静地从烟盒里拿出一支香烟,点着了;同时他的眼睛一直盯着雪地上的血痕。

“也就是说他是在五点四十五分遇害的…没有任何目击者!”

“没有。我派了两个人询问周围的村民,但是到目前为止都没有什么进展。”

欧文环顾了一下四周。天色已经很晚了,但是我们还是能够分辨出河两岸上那些死气沉沉的房子；那些人字墙，喷吐着各色烟雾的烟囱，还有白雪覆盖的房顶下面的浅红色的窗户。

“真正的鬼天气。”他叹息说，“不会有人从窗口向外面张望的，何况一个小时前就开始天黑了。不过，这个凶手可真够大胆的！我倒要看看事情会如何继续发展…我说，警官先生，在雪地上有两行清晰的脚印！也许就是受害者和凶手留下的…可是这边的都被踩乱了！我希望…”

“别担心。”维德科恩德冷静地回答说，“在救援到达之前，我已经研究过那些脚印了。这个场景非常容易复原。凶手在桥边遇到了尼克罗斯，他随便编造了什么借口，把尼克罗斯引到桥下；然后他就掏出了刀子。就像打个响指那么简单。至于他留下的脚印，我们已经作了测量，记录了脚印的特征。”

“那么说？…”我小声说，“我们有了一条重要的线索？”

维德科恩德默认了。

“要是尼克罗斯能够挺过来就更好了。凶手已经被逼到墙角了。他冒着极大的风险跑来谋杀尼克罗斯，甚至顾不上做一些最基本的准备工作。很明显，他的时间紧迫。这也向我们提示了谋杀的动机：在警方盘问尼克罗斯之前，先把他灭口。”

“警官先生，您推断得很精彩。”欧文表示赞同，“现在，您的行动计划是？”

“我会到尼克罗斯所在的医院去，我要守在他的床边。希望他能够告诉我凶手的名字。至于您二位，可以回到曼斯菲尔德家去。”

这起新的谋杀给房子里本已经冰冷的气氛又增添了新的寒意。欧文被邀请留下来吃晚饭。在晚饭期间，我试着通过闲谈了解在哈瑞遇害的时候每个人都在干什么。维德科恩德警官认为：在他进行官方盘问之前，我们通过非正式调查能够得到更多的信息。

我和欧文估算了一下，要想走到村子里实施谋杀，再走回来，至少需要二十分钟。而且，这个估算是考虑了对凶手最有利的情况：他直接遇到了尼克罗斯。那么有谁在五点四十五分左右消失了二十分钟？表面上看，除了尼古拉斯之外(我在17:45分左右把他带进了埃德温的房间)，其他人都有嫌疑。不太可能是斯比勒和达菲内：我们在六点钟的时候看到她们安安静静地坐在‘女士工作间’里，她们不可能一通飞奔之后还气定神闲。卡特琳娜·匹国特也不可能，她的腿上还打着石膏。剩下的就是曼斯菲尔德，莫刚斯通和佛布。房子的主人，查尔斯·曼斯菲尔德因为朋友的死而深受打击，已经陷入了一种迟钝状态。他毫不关心这起新的谋杀。剩下的两个人则显得越来越紧张。欧文不断地重复说：不要丧失希望，警官随时都有可能出现，会带来哈瑞脱险的好消息。我则仔细地观察这两个人的表情。我的结论是:不管是他们当中的哪一个,这位凶手都不太善于表演。因为这两个人听到哈瑞可能脱险的消息时,他们都毫无喜悦之色。玛丽的表现则完全不同,她非常热诚地祈祷'上帝保佑他脱离危险。'

玛丽…忠诚而出色的玛丽,我一直把她排除在嫌疑名单之外。她似乎是这所房子里最正直的人,不会犯下任何过错。但是,就是这一点引起了我的注意。我悄悄地观察着玛丽。我又回想起在匕首消失前不久,她就曾经盯着书柜里放着匕首的位置。我还想到在圣诞节前的几个小时,我曾经和匹国特有过一段短暂的谈话…"您想错了。约克家族还有一个后裔…就是玛丽…她是那位彼得·约克的直系后裔…"

也许在遇到曼斯菲尔德家族之后,玛丽决心为祖先报仇?是她犯下了这些年里突发的四桩谋杀吗?还有刚刚发生的针对哈瑞·尼克罗斯的袭击案?

玛丽仍然年轻,漂亮,站在她的丈夫旁边就像一个洋娃娃。尽管她的身材不高,她可是精力充沛。她对所有的人都很亲切,服务周到,办事麻利。确实如此。但是,我总是有一种感觉:玛丽并不喜欢匹国特。

等晚餐结束之后,我和欧文在客厅里找到了单独谈话的机会。我向他透露了这些暂时的怀疑。他没有理会我的话,反而问了我一个问题:

"您注意观察他们走路了吗?"

“走路？您是说走路的姿态？”

“是的。就是如何把一只脚挪到另一只脚前面。”

“可是，我为什么要观察这个？”

“没什么…记着这件事就行了…我肯定没有看错，而且我会在恰当的时候让他出丑。好了，现在我建议去找斯比勒，看看她是不是需要我们。她肯定在‘女王的工作间’里…我喜欢您起的这个名字！她坐在里面恰如其分！”

我们发现斯比勒确实坐在她惯常的位置上，那把椅子就像是专门为她订做的。她比平日更加迷人了。我感觉她正在一点点儿地复活；正在阳光下慢慢地绽放。被迫嫁给匹国特的忧伤逐渐远去了，她又恢复了生机。我刚欣赏到这个春天的一点儿征兆，就被打断了。因为，总是有人煞风景！这个可恶的欧文(我在心里暗暗地咒骂)貌似天真地又提起了哈瑞·尼克罗斯。

斯比勒毫无犹豫地认为是‘混乱之王’袭击了哈瑞。她坚信那个‘邪恶幽灵’存在，这种态度一直让我感到困惑。说到‘混乱之王’的时候，她的语调中有一种罕见的坚定。她并没有指责‘混乱之王’的恐怖行径，相反她好像认为这是一种宿命，是无法躲避的宿命，对于曼斯菲尔德家族尤其如此。我暗想：如果斯比勒想彻底摆脱这个恶梦，最简单的方法就是离开这个地方，当然最好是和我一起离开这里！

随着时间缓慢地流逝，欧文、斯比勒和我之间慢慢地建立起了一种亲密的关系。我觉得这对斯比勒很有好处。她一直在叙述，几乎毫无停顿、缓慢地用她自己的节奏叙述着。我来到曼斯菲尔德家之后，还是第一次见她说这么多话。我和欧文充当了最专心的听众；我们都很安静，欧文也只是偶尔简短地发表一两句评论。

在自言自语的过程中，斯比勒甚至提到了她和哈瑞·尼克罗斯之间的纯朴的恋情。她现在还对哈瑞抱有好感吗？不会的。如果有，那也只是对于他所遭受的不幸的同情。斯比勒还承认说，当年哈瑞断然离去的事情伤透了她的自尊心。另外，哈瑞几天前来找她，想要跟她谈谈，想要向她解释…

“…幸运的是，当时是我去开的门。真是太幸运了。突然又见到他让我大吃一惊。他说他一直都爱我，说当年突然离开不是他的错，而是匹国特先生在幕后操纵！我回答说，最好不要说匹国特先生的坏话，因为他很快就会成为我的丈夫。他大发雷霆。他说了一大堆萨姆勒的坏话，我费了很大力气才把他打发走。还好，当时大厅里没有人。如果萨姆勒在场的话…我不敢想会发生什么。”

她停顿了一下，忙着补上漏掉的一针。过了一会儿，她又说：

“我不愿意这么说，不过我确实不那么喜欢萨姆勒，至少没到恰当的程度…”

我真想立刻大声欢呼。

"…爸爸总是说等我们结婚之后，感情会慢慢地培养起来…(斯比勒耸了一下肩膀)他说得肯定有道理。萨姆勒其实一直都对我很体贴,他总是送礼物给我…但是和他在一起没有和哈瑞在一起所感觉到的激情,也不像和埃德温在一起…埃德温一直想要娶我,您知道吗?他,我的一个兄弟?(斯比勒笑了一下。)他并不是我的血缘上的兄弟…结果…后来萨姆勒出现了…

刚开始的时候,我以为埃德温是在跟我开玩笑。但是很快,我发现'玩笑'背后藏着很深厚、也很危险的感情,我们双方都是如此…"

听到斯比勒叙述这段半隐密的恋情,我的心中升起了无法抑制的嫉妒。我很难抑制住自己对于埃德温的嫉妒,因为在哈瑞,匹国特,和埃德温三个人当中,斯比勒最留恋的肯定是埃德温。即便斯比勒不说,我也一清二楚。

"幸好,他只是在学校假期的时候在家。因为他变得越来越大胆了,他不放过任何机会。我想我和哈瑞之间的一时冲动惹恼了他。有一段时间,他对我冷冷冰冰的。但是,很快他又恢复了常态。等哈瑞走了之后…爸爸一直都不知情！"

"如果他知道的话,他会反对吗？"欧文问。

"他当然会反对。在几年前,爸爸就想好了要把我嫁给萨姆勒…是的,我猜是这样的…总之,他是不会允许埃德温和我之间发生什么事情的…"

她没有说完。

“埃德温。”斯比勒用哀怨的声音说，“埃德温也走了…”

我们本以为她要落泪了，但是让我们吃惊的是：斯比勒的脸上突然间换成了另一幅表情——常见的冷淡的表情。

“现在想想，真是很奇怪。”斯比勒说，“三个人，一个接着一个，都成了‘混乱之王’的受害者。”

18
湖边的幽灵

已经夜里一点了，我仍然无法入睡。我在被单下面蜷成一团，听着外面的狂风呼啸。我又想到了和欧文的最后一次谈话，我当时把他送到了房子的台阶上。他必须要返回村子里的小旅店就寝。

"想要撬开一个人的嘴巴，最重要的是学会不出声地提问。"他假装博学地教导我说，"阿齐勒，永远不要忘记这个准则：要想让别人开口的，沉默是最好的、也是最有效的方法。您想必已经很清楚了，这位迷人的斯比勒向我们叙述的内容是极其重要的…现在，我的朋友，去好好睡一觉，以便明天能够精力充沛。我想明天警方会进行拘捕…"

我没有得到任何其他信息。他一转身就大步走开了，背影一会儿就被黑暗吞噬了。这个夜晚和前一个晚上完全不同，不仅天空阴暗还下着大雪。

我不得不承认，欧文确实不声不响地撬开了斯比勒的嘴巴。我们的调查工作有进展了吗？欧文似乎很有信心。而我还一直在一团迷雾当中，一团厚重的迷雾，而且越来越让人看不清方向…

明天将会进行逮捕？但是逮捕谁？一个人走路的方式能说明什么问题？还有，尼古拉斯的'重见天日'的大衣又有什么重要含义？欧文还重点提到了毛线团，旧帽子？跟着'阿丽亚娜的线团'？

这些没有答案的问题在我的脑子不停地跳来跳去。在半梦半醒的状态下，它们很快就化身成了'混乱之王'的随从们，他们都醉醺醺的，穿着花花绿绿的衣服，乱哄哄地在街上闲逛，在冰冻的湖面上胡闹…

'混乱之王'。这个神秘的混乱之王，他在雪地上飞快地移动而不留痕迹…

外面又开始下雪了，风势也更加强劲了，甚至震动了玻璃窗。在狂风没完没了的牢骚声之中，还有一种遥远的声音，一种铃铛声…

铃铛声？

我从床上坐了起来，我支着耳朵，一动不动地倾听了几秒钟。一阵寒意从我头顶一直传到脚心。我不是在做梦：我刚才听到的隐约可闻的声音真真切切的是铃声，那个声音正在逐渐远去。

我一跃而起，跑到了窗户跟前。

一片昏暗，被风卷起的雪花影响了我的视线。如果它不动的话，我根本无法分辨出它的影子。不过，它在移动，迎着风雪缓慢地朝北面移动。一个阴暗的人影——我只能判断出这么多——因为它很快就从我的视野中消失了。

在二十四小时之内，'混乱之王'已经实施了两起谋杀。而我刚才看到的很可能就是那个'鬼怪'，任何有判断能力的人都不会去追踪它。而我偏偏喜欢做傻事，而且是毫不犹豫。

不到五分钟的时间，我做好了准备。我把大衣的领子立了起来，脑袋上扣了一顶鸭舌帽。我小心地关好了后门，离开了房子；迎面而来的是刺骨的风雪。

除了那个可恶的鬼怪，还会有谁在这个时间、这种天气里在外面闲逛？

我朝着北面漫无目标地走了一阵。我有机会追上它吗？希望很渺茫，而且雪花不停地打在我的眼睛上，我的视线范围只有大概十五米远。我唯一的希望就是：它会朝着湖的方向走。不是有一个说法吗？凶手总是会回到犯罪现场。

经过十分钟的艰难跋涉，我已经气喘吁吁了，脸颊冻得冰凉。我开始觉得自己的举动很疯狂，我绝望地想给这次追踪找到合适的理由。就算我追上了'鬼怪'，我能干什么？到目前为止，所有接近它的人都丢了性命。据我所知，去年死去的那个年轻的屠夫可是个粗鲁而健壮的家伙。而且他不是赤手空拳地去追踪‘鬼怪’。难道我打算打败欧文，抢在他明天抓人之前，把‘混乱之王’捆上手脚送到他的面前？

风势一直没有减弱。在我开始怀疑自己迷路的时候，谢天谢地，我看到了湖旁边的那个小山丘。

我爬到了山丘顶上。刚才我为了追赶‘鬼怪’拼命地往前赶，现在累得气喘吁吁。我能看到的湖面范围比昨天要小很多，但是我还是能够在风雪的间隙里分辨出靠近我这一侧的湖岸…

我突然屏住了呼吸。

它在那儿，就在小船旁边。它穿着长大衣，戴着一顶帽子。她侧对着我，似乎正在专心地凝视着小船前面的地面。不到二十四小时之前，匹国特就是在那儿死去的。

我应该撒腿就跑？立刻跳上去袭击它？还是悄悄地接近，设法出其不意地抓住它？

本能战胜了理智。我顺着山坡，慢慢地朝它走了过去，每一步都非常小心。

我难道没有意识到危险吗？肯定没有，不过我的身体在反抗。但是我被一种无法抗拒的神秘力量吸引着，逐渐地靠近那个不祥的身影。

我离它还有二十米远的时候，它突然转过身。

我被定格了。

在帽子下面是一张白色的面孔，毫无表情。我被那张脸吓得动弹不得了，而那个‘鬼怪’也和我一样纹丝不动。

我是不是在经历人生的最后时刻？我所面对的到底是什么样的‘鬼怪’？

又是一阵狂风，在我和那个‘鬼怪’之间扬其了一道雪幕。我愣在那里没有任何动作。雪花又重新落下了，大概就是几秒钟的时间，但是对我来说就像永恒那样漫长。我往‘鬼怪’刚才所在的位置看过去，它已经消失了。

至少它不是在原来的位置上了。现在它离我已经有三十米远了。它正在不慌不忙地往湖心里走。

我的第一反应是追上去，但是我突然想到了那两个警员的不幸遭遇。在湖面上远离岸边的位置，冰层并不足以承受人的重量。我也不知道自己是怎么想的，我用尽力气朝那个‘鬼怪’喊话，让它立刻停下来。考虑到它现在的位置，冰还没有破已经是一个奇迹了。

‘鬼怪’立刻有了反应。它停了下来，转过身，犹豫着。

“回到岸边来！”我喊道，“冰层不够结实！您有生命危险！”

那个‘鬼怪’突然又动了起来，它打算要跑。但是我听到了一声不祥的破裂声。我本能地闭上了眼睛；再睁眼的时候，我发现它趴在冰面上，身后就是一个冰洞。刚才那一冲救了它。它很快又站了起来，还想再往前跑，但是它滑倒了。又是可怕的冰层破裂的声音。这一次，它又很走运。

"别动！呆在原地！"

我的喊叫根本不管用。'鬼怪'又作了第三次尝试，同样的结果。它还是不死心。这种愚蠢的行为只有一种解释：'鬼怪'正处于惊慌之中。无名的惊慌，这可不像是'混乱之王'的作风，我一直认为它极端地冷血。不管怎么说，它踉踉跄跄地回到了湖边，然后就精疲力竭地倒在了雪地上。

这不合逻辑。它看到我的时候毫无反应，这就很奇怪。听到我的喊声之后，它竟然惊慌了起来，这就更不对了。现在，它就躺在那里一动不动，好像是无力抵抗了。

我慢慢地朝它走过去，肌肉紧绷着，警觉地观察着，随时准备应变。我顺着湖岸一直走到离它(他还是她？)几米远的地方…

这简直是在做梦。

'混乱之王'躺在雪地上，在几丛芦苇之间，毫无防卫能力，一只手紧握着白色的面具。一个纸板做成的粗糙的面具，从面具的下面露出几缕黑色的头发…

我突然有一种不祥的预感。

我跳过去扯下了那个恐怖的面具…发现面具的下面就是斯比勒的面孔！

19

脚也有发言权

我一大早就跑到了小旅店里，发现大堂里只有欧文一个人。他正在享用早餐，并且邀请我坐下和他一起用餐。我欣然接受了邀请，从曼斯菲尔德家走到小旅店确实让我饥肠辘辘。我一边吃饭，一边向我的朋友叙述了昨晚追逐‘鬼怪’的离奇经历。

“您的做法很明智，实际上，她不知道最好。”欧文把杯子里的东西喝得一滴不剩，“您做得很好。有您作为调查的助手真是太好了。”

“现在，我需要一个合理的解释。”我说，“我绝不相信那个年轻女孩儿会是一个谋杀犯…”

“说到谋杀犯，”欧文看了看他的挂表，“我要说，他逍遥法外的日子已经快到头了…”

“不是斯比勒，对吗？”

欧文怜悯地看着我：

“我刚才已经说过了，您的做法很明智。”

我一声不吭地看了他一会儿，然后我又问：

“哈瑞·尼克罗斯应该不会死吧？他可能已经开口了？”

“根据我听到的最新消息，他还活着。但是他目前一个字都说不出来。他失血过多了。在您到达之前，我刚收到维德科恩德的电报。他很快就会赶到的。”

“然后我们就会去曼斯菲尔德家…”

“去逮捕凶手，没错。”

“欧文，谁是凶手？告诉我吧！”

“怎么？您还没有猜到？”

“说实话，我还不太清楚…”

“您真让我失望，阿齐勒。我昨天晚上已经很明确地给您指出了方向…算了，您很快就会知道谁是凶手了。”

“您好像胸有成竹…您有证据吗？”

欧文慢悠悠地吃完了他的吐司面包，然后他回答说：

“严格来讲，我确实没有任何证据。但是我了解这件事情当中最隐秘的东西，我知道凶手已经被逼到死胡同里了。他已经慌了手脚，而且肯定是被吓坏了。想想看，他一整晚都被焦虑所煎熬着，生怕哈瑞醒过来揭穿他的身份…嗯，他没有任何机会。至于您的斯比勒…”

“我的斯比勒？”强烈的感情让我的声音发抖，“但是…”

“阿齐勒，求您了。您疯狂地爱着她，为什么要否认？说到斯比勒，我可以告诉您，所有的事情实际上都是围绕着她；有时候是直接地，有时候间接地…瞧，我们亲爱的警官到了。”

欧文一边朝门口的警官微笑，一边小声地对我说：

“别跟他说您昨天晚上的历险，这和警方没有关系。”

一个小时以后，我们都聚集在曼斯菲尔德家的客厅里。和维德科恩德一起出现的两名穿着制服的警员毫无表情地站在一旁，让本来就很沉重的气氛更加压抑了。维德科恩德阴沉而猜疑的目光不时地从一个人脸上挪到另一个人脸上，使得那一小群噤若寒蝉的怀疑对象更加不知所措了。但是真正进行盘问的并不是维德科恩德警官，欧文往前跨了一步。他的眼睛并没有观察每个人的表情，而是他们的脚！

这个奇怪的举动让达菲内感到古怪而有趣，她竟然笑了。她认为欧文是要发明一种有趣的游戏。剩下的所有人，包括查尔斯·曼斯菲尔德，佛布，莫刚斯通，玛丽，尼古拉斯，匹国特小姐，和斯比勒，尽管他们的脸上表情各异，但是都在表达恐慌——这是他们目前最主要的感觉。

斯比勒的眼睛困惑地转向我，但是她根本没有看我。她是否和我一样，正在回忆昨天晚上发生的奇遇？

“她的呼吸逐渐急促了起来，她的嘴唇也开始轻微地颤抖。她慢慢地恢复了神志。我用两手抱着她，把她的头轻轻地放在我的臂弯里。她的美丽的黑发飘散在我的胳膊上，上面点缀着片片雪花。”

在她醒过来之前,我已经把缝在她的大衣上的一串小铃铛扯了下来。我把铃铛塞进斯比勒的帽子里,然后把她的帽子和面具都藏到了我的大衣下面。

我为什么要这么做?我自己也说不清楚。但是我敢肯定的一点就是:斯比勒刚才在梦游,她被我的喊叫声惊醒了…我的叫声算是救了她的命。因为我喊她的时候,她正在往湖中心的方向走。

为什么她在梦游的过程中要假扮成'混乱之王'?我对于梦游没有什么深入的了解,但是我隐约记得有一种说法:在梦游的时候,病人就像是在做一场梦…换句话说,我们可以理解为,斯比勒'梦想'成为'混乱之王'。这个推断并不能让我满意。我刚到这里的第一天晚上,我就发现斯比勒在梦游,那么她在'女王的工作间'里就是在准备'道具'…

她有可能在梦游期间杀人吗?我认为不会的。我越想就越觉得不可能。不管怎么说,在她醒过来之前,我把所有能够让人联想到'混乱之王'的东西都藏了起来。我觉得这么做无可厚非。这是本能的反应,我早上就是这么告诉欧文的,他没有反对而且表扬了我。

“怎么了…发生了什么事?哦!阿齐勒!您在这儿干吗…我们在哪儿?”

“您可以自己看看,我们在湖边的雪地上…”

“老天！我明白了！我又梦游了…”

她惊愕地看了看四周，然后又说：

“我一直走了这么远？在这种天气里？真是难以置信…您一直跟着我？”

“我还做了一件所有的医疗手册都不推荐的事情，在您还处在‘睡梦’状态的时候，我向您大喊大叫，把您惊醒了…不过，您当时在那儿…”

我给她指了一下刚才她深入湖面的位置，我还向她解释说听到我的叫声之后她非常惊慌；我说尽管如此，她安然无恙地回来了。

“我欠您一条命，阿齐勒。如果没有您，我现在肯定已经死了。”

这道未必。刚看到我的时候，她离湖边还很近。如果不是我的出现，她肯定不会往湖心方向走。不过我没有把这个想法说出来。我久久不语，那一段短暂的时光是我一生中最温柔，最宝贵，最难忘的回忆。

在我们往回走的路上，斯比勒才想到她的衣着的问题：

“我为什么穿着这件旧大衣…真是奇怪…而且我没有戴帽子…看，您的帽子上全是积雪，而我的头发上只有一点儿雪花…”

“肯定是风把雪花从您的头发上吹走了…”

风雪交加的夜晚，斯比勒美丽的黑发，我会在心中保存住那个场景——直到永远。突然，一声惨叫打断了我的思路，把我拽回了现实当中。

是埃德格·佛布在惨叫。欧文刚才停在了他的面前，然后往前走了一步故意踩在了他的脚上。这让所有的人都大吃一惊。

“很疼，是吗？佛布先生。”

“您是个疯子！”佛布压着怒气说。

“您能否帮个忙，让我们看看您的脚？”

“什么？”

“您没有听错。只要一只就行了…对，您只要脱掉一只靴子…”

“我凭什么要脱掉一只…没门！”

欧文冷冷地盯着佛布，而佛布早已经不知所措了。

“好吧。”侦探又说，“您不想展示您的脚。请注意，我很理解您的苦衷。您故作镇定，不过，您知道下一步该迈哪只脚吗？…您明白我的意思了吗，佛布先生？还不明白？好吧，我可以说得更明确一点儿…这位先生没有找到适合他的脚的鞋子，不过他很幸运地找到了一双小一两号的靴子。请注意，这位先生的身材很高大，这是明摆着的事实…”

欧文转过身对目瞪口呆的听众们说：

“女士们，先生们，其实只是先生们，请你们看看，佛布先生现在穿的靴子是属于你们当中谁的？我注意到这双靴子刚刚被打了油，用的是一种黑色的鞋油，也许是为了掩盖鞋子本身的颜色？曼斯菲尔德先生，劳驾，请您过来看看。我觉得很有可能是您的…”

房子的主人走了过来，看了看佛布的脸，又看了看他的脚。

“我不敢肯定。”他不满意地嘟囔着，“这双靴子和我的那双很相像，不过我的那双靴子颜色比较浅…”

“谢谢。”欧文·伯恩斯干巴巴地说。

佛布一动不动地坐在那里，谁都看得出他已经崩溃了。

“他已经说了…是吗？”他小声问。

欧文假装没有听到佛布的话，他大声地对查尔斯·曼斯菲尔德说：

“清相信我，这可不是简单的借用。佛布先生可不是小偷，他比小偷要糟糕很多倍…他未经您的许可拿走了您的靴子，还涂了好几层鞋油，想让靴子换个颜色，他这么做的目的很简单，就是不想让您知道。”

欧文停了下来，若有所思的样子。然后他做了一个鬼脸：

“问题是，穿着小号的鞋子走路并不轻松。刚开始还能够将就，但是慢慢地，疼痛越来越难以忍受，最后成了真正的噩梦…哪怕迈一小步都会让您痛入骨髓，您的脸色不就是最好的证明吗？当然还有您的步态，也表明您的脚很疼。昨天晚上，佛布先生的走法就引起了我的浓厚兴趣…我敢肯定，如果佛布先生肯展示他的脚趾的话,我们就会看到他给自己设的刑罚有多么可怕。是的,我是说佛布先生不想让任何人知道借用靴子的事情。他只是在这里住几天,所以没必要带很多双鞋子,对吗?他可能有一双大一点儿的靴子,用来在外面的雪地上散步。但是,在房子里穿那双鞋就太显眼了。而佛布先生最怕的就是有人注意他的靴子,就像我刚才说的。那么主要的问题就是:为什么要这样?或者说他为什么不穿自己的靴子?”

欧文制造了片刻的沉默,以便让下面的话更加有说服力。他直盯着佛布的眼睛宣布说:

“昨天晚上刺杀哈瑞·尼克罗斯的人在雪地上留下了清晰的脚印…我可以向天发誓,那串脚印和您平时穿的靴子所留下的脚印非常相像。我正好要问您,您的靴子在哪儿?”

20 欧文做出解释

埃德格·佛布被彻底击垮了,他毫无抵抗地投降了。佛布供认了全部的罪行,他承认试图谋杀哈瑞·尼克罗斯,还有他精心设计的试图除掉萨姆勒·匹国特的计划。我说是'试图',因为实际上他的诡计并没有成功:匹国特并没有按照他设计的方法死去,他的'幽灵'并没有得手。

哈瑞·尼克罗斯很快就恢复了健康和活力。他当然知道袭击他的人是谁,他一个人的证词就足以让佛布认罪了。不过我还是把位置让给欧文·伯恩斯吧。在佛布被捕几天之后,他邀请几名听众(只有曼斯菲尔德,莫刚斯通,维德科恩德,和我自己)欣赏他的'杰出的推理能力,正是这种能力指引他迅速地发现了真相。'

“我们现在已经了解到了匹国特的遗嘱的内容。”他摆弄着手上的雪茄,好像要故意推延点燃雪茄的时机。“所有的财产都归匹国特小姐,我们其实都猜到了。于是,在择偶市场上就出现了一个炙手可热的目标。我要补充一句:对于任何野心家来说,这都是一个很容易弄到手的猎物。我说这些的目的是要告诉大家:我的朋友阿齐勒告诉我匹国特小姐和埃德格·佛布的'恋情'的时候,我就开始怀疑匹国特的这名得力助手了——这段感情是最近才发展起来的,而且其他人都毫不知情。他很有能力,又是公司里的重要人物,和匹国特小姐成婚之后就可以成为一个非常有权势的人;所以佛布有充足的理由想除掉他的老板。佛布具有不屈不挠的性格,他有过人的智慧,还很沉着冷静。他具有一个'完美的罪犯'的性格,这一类罪犯有一个共同的特征:他们非常小心地避免让自己冒任何风险。于是,佛布的目标就是:如何干掉匹国特而不引起别人的怀疑,怎样创造一个绝佳的不在场证明?他面临一个难题:如果匹国特的死亡得不到合理的解释,他和富有的继承人之间的婚姻就会引起普遍的怀疑。

了解了这些前提,我们就可以继续研究案情。您会发现佛布的计划是多么的显而易见。我先说说'招魂会'的问题。我对招魂术本身就持怀疑态度,而幽灵只是用简单的敲击来回答问题,这就更可疑了。莫刚斯通先生,您必须承认桌边的任何人都能这么做…”

灵媒轻蔑地一笑:

“您好像忘了,最后一个招魂会的时候,桌子震动得很厉害…如果您在场,您会…"

"您说得不错。"欧文回答说,"最后一次招魂会上震动并不是佛布先生的手笔。实际上,当'幽灵'的回应方式有所改变的时候,佛布是最吃惊的人。您很快就会明白的。我们还是先研究一下你们和'幽灵'之间的最初的几次对话。经过一些试探性的对话,'幽灵'取得了大家的信任。然后它就转向匹国特,说如果他想知道埃德温遇害的真相,就需要另外约时间单独和匹国特见面。您明白了吗:没有证人的单独会面!光这一条,就已经清楚地暴露出了佛布的计划!

还有:匹国特将会了解到埃德温死亡的真相。这一招很狡猾。即使匹国特感觉到了危险,他也很难拒绝和'幽灵'会面。如果他不去,曼斯菲尔德家的人都会瞧不起他,他的未婚妻会认为他是胆小鬼,认为他丧失了把整个家族解救出来的唯一机会。

现在我们已经了解了凶手的全盘计划:把他的目标受害人派到一个他选定的地点,这样就能从容地干掉他。佛布打算亲手杀死匹国特,还是找帮凶?再想想我们所掌握的情报…在最近一段时间里,多个证人(包括我自己)都曾经听到哈瑞·尼克罗斯在背后谩骂匹国特,甚至威胁要对付他。我们现在已经大体了解了哈瑞怨恨匹国特的理由:匹国特请一个朋友帮忙,雇用了年轻的哈瑞·尼克罗斯,实际上是把哈瑞从斯比勒身边赶走。我自己曾经在小旅店里见到尼克罗斯和佛布在一起，而佛布看到我之后就匆忙地离开了。他的态度鬼鬼祟祟，可以说是做贼心虚，这让我感到很奇怪。佛布，匹国特的得力助手，和斯比勒小姐的前男友混在一起！很不正常，不是吗？想想看，他们能谈论什么话题？除了佛布，还有谁更清楚他的老板的不光彩的手段？

我们可以很容易地想象出他们的对话内容。佛布把他的老板的卑鄙行径说得更加可耻，这对佛布来说是小事一桩。他还可以添加一点儿逸闻趣事，进一步诋毁匹国特。等哈瑞唾沫飞溅地破口大骂匹国特的时候，佛布可以装作随意地说两句添油加醋的话：'啊！要是有人够胆量，让他得到应有的惩罚…' 只需要一些很巧妙的话，然后再承诺善行总有善报——比如说一大笔酬金。于是生性冲动的哈瑞决定替天行道，除掉一个世上最卑鄙的人。'我会安排他在某某天，某某时刻，在某某地点出现，不会有任何目击者。'佛布说完之后又请哈瑞喝了一杯。'剩下的就看您的了…'"

"我的天啊，我开始明白了。"查尔斯·曼斯菲尔德用疲倦的声音说，"他调唆那个男孩子，让他去杀人！佛布真是个恶魔！"

"一桩完美的谋杀。"维德科恩德狡诈地说，"他这么做就能免除刑事责任。而且他选择了时机和地点都能起到混淆视听的作用。在圣诞节期间，在湖边发现的一具新的尸体，人们会很自然地联想到'混乱之王'的恐怖传说。"

“从佛布的证词上看，他早就开始计划除掉匹国特了。”欧文继续说，“他原本就打算在圣诞节下手。而听说匹国特请了招魂大师之后，佛布的计划就慢慢地成形了。在他抵达这里的第一天，他在小旅店里偶然遇到了哈瑞；于是他想到了‘借刀杀人’，请允许我这么说…”

“最惨的就是可怜的匹国特小姐…”查尔斯·曼斯菲尔德叹息说。

“她应该庆幸躲过了厄运，她差一点点儿就要嫁给那个混蛋了。”欧文说，“这段痛苦的经历对她来说应该是有益处的。要管理她的哥哥留下的巨额财产可不是件轻松的事情。我们还是继续讨论那位的狡猾的罪犯吧，还有那粒小小的沙子是如何破坏了他的完美的计划。我们回到最后一次‘招魂会’，在那天晚上，‘幽灵’给出了约会的时间和地点，而且它回答的方式很反常…”

“您怎么解释这个现象呢？”莫刚斯通冷冷地说。

欧文沉默了几秒钟，他的表情很严肃。随后，他用同样严肃地语调说：

“我没有特别的解释，莫刚斯通先生。我想真的有一个‘力量’，一个未知的强大的力量出现了，它想要终止佛布的闹剧。它的剧烈的动作也表明这个‘幽灵’怒气冲冲…”

“我很高兴听到您这么说。”灵媒点头表示赞同，他看着欧文的眼神里甚至出现了一丝敬重。

“现在,我们设身处地地为佛布想一下。”欧文继续说,“到目前为止,他的计划进展得都非常顺利。他正准备用脚顶桌子,让‘幽灵’说话。按照佛布的供词,他打算让匹国特在两天后毙命。他正打算向匹国特下达指示的时候,突然一个非常猛烈的震动打乱了他的计划。另一个‘幽灵’取代了他的位置!而且这个新的‘幽灵’并不是要告诉匹国特关于埃德温的死的秘密,而是说告诉匹国特‘真相’,全部的真相!您可以理解我们的见习巫师——佛布先生有多么害怕:他面前是完全无法解释的现象,除非是真正的鬼魂现身了,而且真正的鬼魂打算告诉匹国特真相。这个‘真相’很可能就是要揭露佛布和他的阴谋!他吓坏了,而且新的‘幽灵’约匹国特立刻见面。所以他决定跟着他的老板,他想要在匹国特‘和幽灵对话’之前就干掉他。”

“但是,真正发生了什么事情?”曼斯菲尔德问,“按照我的理解,他并没有走到湖边去接近匹国特。”

“他没有走到湖边,雪地上的脚印证明了这一点。不过,到底发生了什么?佛布已经接近目标的时候,他为什么突然掉头往回走?而且,匹国特究竟是怎么死的?”

欧文停了下来,思索了一阵,然后轻轻地耸了一下肩膀:

“我不知道真的是一个来自上天的声音,还是说匹国特通过思考想明白了‘真相’。总之,他突然意识到他的得力助手实际上是一个狡诈的家伙。他以前对佛布信赖有加,寄予厚望;他甚至把佛布当作朋友看待,可是现在这个朋友打算要谋杀他。也许匹国特到达湖边之后远远地看到佛布正在接近。匹国特心灰意冷,暂时失去了理智,按照法律上的说法就是短时狂热…"

"那么说是自杀?"莫刚斯通说。

"这是唯一可行的解释。"欧文慢慢地点了一下头表示同意,"考虑到当时的情况,他随身带着一把匕首并不奇怪。他感到了威胁,而且对这个约会很有戒心。但是,我认为匹国特是到了湖边之后才想到把匕首用在自己身上…"

曼斯菲尔德和莫刚斯通都默认了欧文的说法,然后灵媒问道:

"那么,佛布为什么突然掉头?他在雪地上看到的人影又是怎么回事?"

"您的第二个问题实际上解释了第一个问题。他就是被那个影像吓坏了,所以才像兔子一样调头猛跑。原因很简单:恐惧,惊惶,也许还有懊悔;再加上他所处的环境和可怕的传说。所有这些加在一起,他的头脑里就形成了一个可怕的'混乱之王'的身影。

想想看,第二天,当他听说他的老板已经死了,他的脑子里该有多么混乱!匹国特像是被人谋杀的,但是又没有任何人类能够实施这样的谋杀?还有,他的同伙听到死讯之后会怎么想?哈瑞很可能会认为是佛布的杰作——一次神秘的谋杀！说不定过些时候，那个男孩为了度日会来敲诈他…这个男孩子已经受到了警方的怀疑，而且很快就会受到盘问。哈瑞·尼克罗斯并没有杀人，所以他没有什么顾虑；也许哈瑞会把佛布招出来…所以佛布最好尽快除掉哈瑞。我们在这个房间里盘问过他之后，佛布立刻就赶去除掉哈瑞，或者说试图干掉哈瑞。但是，在匆忙之间，他犯了一个严重的错误：在雪地上留下了清晰的脚印。他很快就意识到了这个问题，所以他搞了‘借’靴子的把戏。当然了，他的把戏并没有让他脱险。”

21

自寻烦恼

“您好像很不开心,我的朋友…”

我放下了手上的报纸。欧文还坐在早餐桌旁边,他说话的时候并没有看着我。他出神地望着窗户,六月初明媚的阳光透过窗户照了进来。

“您怎么会觉得我不开心?”我问道。最近的一条新闻确实让我心神不宁,但是我尽力装作平静。没想到还是被欧文看穿了。

“哦!有很多迹象都表明您不开心!其中之一就是:昨天晚上,在我组织的晚会上,您并不像往常那样兴致勃勃。等等,这是什么!阿齐勒,看,昨天晚上有人胡闹的时候把我的一些信件扔到壁炉里了…”

他站了起来,走到壁炉跟前。他在灰烬中乱翻了一阵,然后拣出两三张被烧掉大半的信纸。他气恼地看了看那几张纸。

“我的帐单…”他小声地说。

“算了吧，别装作无辜的样子。您很清楚，这都是您自己干的。有客人的时候，您习惯于用账单来点雪茄。”

他耸了一下肩膀。

“这倒是实情，您说得没错。不过，没有必要把这些小意外放在心上…他们会再给我寄账单来的，别担心。在给我写信的人当中，他们是最顽固的。有时候我觉得他们很过分，应该有法律来阻止他们这种行径。我们刚才在说什么？”

“您说有很多迹象让您认为我不开心…”

欧文走到我的跟前，他拿起报纸，展开来。然后，他看着我说：

“人们读晨报的姿势就很能说明问题。通常情况下，也就是说心情舒畅的时候，您会紧紧地攥着报纸，举到眼前，凑近鼻子，以便[1]狼吞虎咽由报界的可鄙的骗子们所编造出来的好消息。”

我的朋友严肃地点了点头，他的眼睛一直盯着我：

---

① 舰队街(Fleet Street)是英国伦敦市内一条著名的街道，依邻近的舰队河命名。舰队街向西穿越伦敦市的边界后就变成斯传德大街；往东，通过路德门圆环后变成斯传德之丘大街。

一直到1980年代舰队街都是传统上英国媒体的总部。今日舰队街依旧是英国媒体的代名词，即使最后一家英国主要媒体路透社的办公室也在2005年搬离舰队街。

“您刚才把报纸举得很远，更不要说您翻报纸的姿势。如果光从您的这些姿势来判断，我会以为报纸上有什么可怕的消息…别否认！别发表什么抗议！您又不是第一次狂欢之后住在我的客房里，我以前观察过您看早报的姿势，不止一次。您今天早上非常的不开心，而且您掩饰得不够好。”

一阵沉默之后，我问：

“好吧，您想知道什么？想要得到具体的解释？”

“为什么不呢？朋友的作用是什么？在您情绪低落的时候，我难道不应该关心吗？”

“但是，恐怕您无法理解…”

“这肯定是和女人有关。作为一个男人，我可以提供经典的、同时具有启发性的建议。”

欧文走到了窗口，他背对着我说：

“是关于迷人的斯比勒，对吗？”

“是的！但是您怎么会…您肯定在昨天的报纸上看到简报了！”

欧文的手深深地插在便袍的口袋里，他转过身，耸了一下肩膀。

“我当然看到了。您以为我会扫过这个名字而无动于衷？”

“欧文，您这是作弊，您是个骗子！您用什么拿报纸的理论来嘲笑我…”

“不能这么说!我的理论没有任何问题!我已经向您强调过很多遍了,在我们的艺术领域里有一条重要的格言:如果有人在某一个问题上撒了谎,或者欺骗了您,这并不能证明他的其他言行都有问题。”

我懒得和他争论这些。斯比勒结婚的消息让我心烦意乱——她嫁给了伦敦的一个贫穷的街区里的一位受人尊重的牧师。尽管我已经有很长时间没有见过斯比勒了,但是看到她的名字,只要一回想起她那优雅动人的身影,我就会心潮澎湃。这条成婚的消息(我是说成婚这件事,而不是说幸运儿是一名神职人员)不可避免地勾起了我的嫉妒之情。这让我回想起了几年前的圣诞节,我发现她是匹国特的未婚妻的时候,我也经历了相似的感情煎熬。

那个可怕的圣诞节是两年多以前的事情了。埃德格·佛布被逮捕之后,又发生了什么?故事中的主角后来怎么样了?埃德格·佛布的下场当然不怎么样,但是法庭很仁慈,判决他坐牢的年头并不长。这肯定和他主动供认了罪行有关系。关于佛布的证词,我需要提醒一下诸位读者朋友,他的证词很重要——下面我就来解释一下。佛布提到了匹国特为了把哈瑞·尼克罗斯调开所设计的诡计。佛布清楚其中的所有细节,包括哈瑞被他的雇主突然派去的地点。他的雇主(一个并不重要的角色)是受了匹国特之托,而且匹国特还要求拦截并毁掉所有写给哈瑞的信件。这些我们前面已经提到了,我们所不知道的是:是埃德温请求匹国特这么做的!在当时,富有的批发商人肯定不知道埃德温的这个请求的真正原因,他没有想到这实际上是替情敌扫清了道路。否则的话,他根本不会答应下来。佛布无意间听到了匹国特和埃德温之间的一次对话,他隐约记得埃德温自称是为他的妹妹的未来着想。埃德温声称和一个尼克罗斯这样的小流氓交往对斯比勒不会有任何好处,他还强调说这种情况不会好转,除非把哈瑞弄走,不管用什么办法。

了解到这一点之后,我们就不难理解匹国特在死前不久对我所说的那番话——他说埃德温并不像表面上那么乖巧、正直。实际上匹国特也是不久前才从查尔斯·曼斯菲尔德那里了解到了实情:埃德温对斯比勒的感情并不是单纯的兄妹情意。匹国特也是在那时明白了三年前埃德温请求他帮忙的真正动机。

我不知道卡特琳娜·匹国特小姐后来怎么样了。他的哥哥死去几个月之后,她卖掉了所有的产业去了美国。朱卢斯·莫刚斯通的生意一直很红火。在曼斯菲尔德家发生的事情并没有影响他的声誉,反而使他更加出名了。曼斯菲尔德家的大宅子被卖掉了。据我所知,查尔斯向新主人力荐了尼古拉斯和玛丽,于是他们留在了那里。查尔斯·曼斯菲尔德现在在伦敦只剩下一家商店了。匹国特的死亡对他的财务状况是一个致命的打击,他卖掉房子的收益也帮不上什么忙——那所房子早就被抵押过了。

至于斯比勒，我包揽了照顾她的任务。我经常去探望她，我觉得我们之间的距离越来越近了。几个星期之后，我甚至可以说她的感情和我一样强烈——一种牢不可破的感情。但是，我们的感情慢慢地出现了裂痕，而且越来越大，唉！越来越严重。我们之间的问题就是斯比勒对于济世军的满腔热情。她说自从我们开始交往，她花在济世军上时间就越来越少了。她感到很不安，她认为我有责任。尽管斯比勒从来没有明确地表示过，但是我能感觉到她并不赞同我的生活方式。我没有把时间和金钱用在她所选择的事业上，这让她很震惊，也很失望。她故意参加了一个特殊的传道团，留给我的时间少得可怜。而我怎么可能责备一个心地如此仁慈而善良的女人？真是糟透了。并不是她要抛弃我，而是我没有决心和力量去追随她所选择的道路。既然死了心，我只好眼睁睁地看着我们的感情慢慢地变冷。

我和斯比勒之间的恋情并不是那次恐怖的圣诞节的唯一产物。有一天晚上，我和斯比勒在一个环境优雅的餐厅里吃晚饭，猜猜我们遇到了谁？我们惊讶地发现：欧文和达菲内两个人坐在不远处的一张桌子旁！

在我们的调查过程中，我已经注意到了达菲内对于欧文的强烈的仰慕之情，我也知道我的朋友对那个年轻女孩有好感。不过我从来没有想到会演变成更深层次的感情。他们两个人似乎很合得来，他们的欢快劲儿甚至让我嫉妒。

虽然还没有达到丑闻的地步，但是欧文的举动引起了伦敦‘绅士’们的不快。在好几个星期的时间里，他们看到欧文和达菲内形影不离。欧文带着她到处参观，剧院、沙龙、艺术展览、海德公园。这两个人在哪儿都很显眼，一方面是欧文的奇装异服，另一方面是瘦小的红发女孩儿的年纪——欧文的年纪显然又不可能是她的父亲。

在那段时间里，因为我和斯比勒的关系，我刻意和欧文保持着一定的距离。同时，斯比勒也很少能见到她的妹妹。我和欧文很少见面，也很少有机会相互倾诉对于曼斯菲尔德姐妹的感情。一年之后，我们俩又都变成了夜游神，又开始结伴而行。然而，奇怪的是：我们并没有恢复无话不谈的习惯。对于我来说，和斯比勒的感情问题始终是一个禁忌，我不愿意和任何人讨论这个问题，即使是欧文。而欧文则很少提到曼斯菲尔德家的两姐妹。他唯一一次提到达菲内是很久以前的事情了，他说达菲内已经去法国了。

‘混乱之王’的故事也被我们抛到了脑后，我们再也没有提起过这件事情。在佛布被捕之后，我们曾经私下里讨论过这个话题。我向欧文表达了不满，我指出他的解释并不能让人满意，他没有解决传说的问题和另外几桩谋杀。欧文当时的答复仍然很含糊。于是，悬而未解的问题被搁置了起来，直到今天又被挖掘了出来。

“阿齐勒。告诉我，您从来都没有想过斯比勒所卷入了那桩奇案吗？”

“我当然很好奇。我还可以告诉您，您在那件案子里的表现让我有些失望…”

欧文从烟盒里拿出一支香烟，他若有所思地盯着香烟：

“我当时对您怎么说的？”

“您向我解释说：在彼得·约克死后的那些年里，他的某一个家人决定进行报复。这位约克的亲人在有生之年一直在骚扰曼斯菲尔德家族——他高兴的时候就扮作幽灵出现。”

“我还告诉过您，是不断出现的意外事故让‘混乱之王’名声显赫。在节日期间，人们常常头脑发热做出一些荒唐的举动，不可避免地就会出现意外。而只要死因稍有疑点，人们就会自然而然地想到‘混乱之王’的报复。就是这样的，阿齐勒。我认为这就是实情，我们找不到其他合理的解释。再说，那段故事也太久远了！”

“关于那个曼斯菲尔德家的远房亲戚——老乔治，两名证人看到他倒在通向村子的路旁。您解释说那个老人只是从马上掉了下来；而且他的马受了惊，他身上的致命的伤痕实际上是马匹造成的；在和马匹搏斗的过程中，老人处于下风，所以被马蹄踢到了。一个证人所看到的所谓的‘和看不见的敌人搏斗’其实是老人临死前最后的挣扎；而证人所看到的‘飞快地穿过田地，逃离现场的黑影’就是受惊的马。那匹马飞奔而去的时候，马蹄声自然有回响。那位证人浮想联翩，再加上传说的影响，于是把马蹄声想象成了远去的铃声。”

“就是这样的。第二天马匹回到小屋的时候，它的凄惨的状态就是最好的证明。阿齐勒，请注意。这个悲惨的意外事故引发了一系列事件。这件事让当地居民重新回想起了‘混乱之王’的恐怖传说；经过一个多世纪的休眠之后，‘混乱之王’又复活了。而且，一年之后埃德温就死了…”

“关于埃德温的死，您几乎什么都没说。”

“是的，我没有解释埃德温的死亡事件。但是，我向您解释了两年后，也就是我们进行调查的前一年，那个年轻的屠夫是怎么死的。很简单，他就是淹死的。他脚下的冰层破碎了，就像我们猜测的那样。冰洞旁边的血迹也很好解释：掉进冰水里之后，他拼命地想抓住冰洞外缘的冰层；那些锋利的冰块划破了他的胳膊和手。您还不明白吗？在一个寒冷的冬夜里，您那位动人的斯比勒在梦游期间打扮成了‘混乱之王’的样子，戴着面具、帽子、还有缀着铃铛的大衣。您自己已经亲眼见过了，她完全可以作着梦走到湖面上去。那个屠夫发现了‘混乱之王’，他拿着鞭子跟着它走到了湖心的区域。斯比勒身子比较轻，她安然无恙地走了过去，身强力壮的屠夫可没那么幸运。”

“可是，欧文，她为什么要这么做？”我感到非常恼怒，一方面是因为我的朋友轻松的口气，另一方面是懊悔于我的无知。“为什么？关于这一点，您从来没有向我做过任何解释！”

“您呢？您后来就再也没有深究过这个问题…还有，您为什么不直接问问她呢？”

“我从来没有问过！因为当时您郑重地警告我不要向斯比勒提这件事情，甚至不要提及任何和她的梦游相关的事情！”

我们都陷入了沉默。我的朋友吐着完美的烟圈，他满腹心事地盯着那些烟圈。

“可是，有太多的事情都需要澄清！”我说，“比如说，您声称不知道埃德温是怎么死的？这种话根本不可信。您总不会说埃德温是自杀的吧？和匹国特一样？另外，您对于匹国特自杀的解释也无法让我信服！”

欧文盯着我看了半天，然后说：

“我想您现在很想知道埃德温的死亡的真相…”

“什么？您的意思是说您知道真相？您为什么等到现在才说…”

“我相信您很明白我的意思，阿齐勒…斯比勒和埃德温的死有关系，而且是很直接的关系。我不是说过吗？在这桩犯罪的背后是一双艺术家的手。没错，就是斯比勒那双灵巧而细致的手，那双手创造了不少美丽的东西；但是，也是那双手造成了埃德温的死亡，是那双手把她创造艺术品的工具——也就是编织针——插进了埃德温的肚子。”

22

这和艺术有关

“我曾经说过这起谋杀是和艺术有关的，您当时笑了，您还记得吗？我还说过，那个房间是整个房子里最漂亮的房间，里面存放着很多艺术作品，曾经让曼斯菲尔德家族声名显赫的艺术工具都安眠在那里。在那个房间里，艺术气息如此浓郁，甚至是触手可及。我们迈过门槛的时候看到的奇异景象——她的美丽几乎让人觉得虚幻飘渺，您还记得吗？消瘦的斯比勒安安静静地坐在那把做工精美的椅子里，她全神贯注于手上的工作，她的长发披散在肩膀上，在炉火的微光的衬托下，那些柔软的发卷闪闪发亮。是的，我相信您都记得，而且您比任何人都记得更清晰。但是，您同时也感觉到在这幅美景的背后，有一些您难以触及的东西——一些哀婉动人而富含悲剧性的东西…

别目瞪口呆的，阿齐勒。别这么看着我，我并没有精神失常;别急着抗议,先听我说完。首先我要澄清一点:斯比勒小姐从来没有向我透露过任何东西,我也从来没有主动向她提过任何问题。但是,我认为我的结论是常理和逻辑的必然结果;您再也找不到其他任何可信的解释。我的理论不仅可以解释发生的每一件事情——包括那些最奇异的事件;而且能够合理地解释案发之后斯比勒的古怪行为。在梦游的过程中,她设法使'混乱之王'复活了。也是出于这个原因,我对这个案子一直保持沉默,我想您现在可以理解我的苦衷了吧…我现在打破沉默,是因为您和斯比勒之间的恋情已经彻底结束了。"

"请继续说。"我的喉头哽咽着。

"我先要告诉您,埃德温既不是被谋杀的,也不是被故意刺杀的。"欧文偷偷地窥探着我,"这让您安心一些了吧?我能看得出来,您心上的伤口还没有完全结痂。埃德温死于意外,一个不幸的女孩儿的随手一挥要了他的命。"

他低着头,在窗口附近来回走了几圈。最后,他停在了他的瓷器收藏前面。

"我的一个同行——一个非常杰出的同行——曾经告诉过我他的理论:要想解开一个秘密,只需要摒弃那些不可能的假设;对于剩下的那些看起来荒谬的假设,越是看起来荒谬就越有可能是真相。埃德温的死亡的难题就是这个符合这个理论的一个很好的例子。您还记得那天晚上发生的主要的事件吧?我曾经写了几篇摘要让您阅读,您应当还有印象。请您回想一下那个案子中主要的证人是女家庭教师哈尔曼小姐,她是一个很正派的人,她的证词应当是诚实可靠的。她说看到一个可怕的、惨白的面孔贴在走廊的窗户上,她看到一个戴着帽子,穿着大衣的人迅速地离去,几分钟之后又回来了。那个人影的步态犹豫,鬼鬼祟祟的走进了靠近埃德温的房间的塔楼。地面上的积雪,以及哈尔曼小姐的监视都证明随后没有任何人离开过埃德温的房间,直到发现尸体为止。如果采用刚才我提到的方法,我们能够得出什么结论?"

"那么说…"

"也就是说没有人离开过房间,就这么简单。这意味着:鬼鬼祟祟地进入房间的不是别人,就是埃德温自己。"

"埃德温?"

"这就是剩下的看起来很荒谬的假设…"

"可是…如果真的是埃德温,他把鼻子贴在窗户上的时候,为什么家庭教师没有认出他?"

"很好的问题,阿齐勒!您说中了要点。为什么哈尔曼小姐没有认出埃德温?首先,一个人把脸贴在窗玻璃上本身就很难辨认。另一方面,埃德温苍白、吓人的脸色还有另一层含义,我马上就会解释。顺便说一句,别忘了前一年老乔治从马上摔下来的悲剧;那件事是一个重要的导火索,让人们以为'混乱之王'又回来了。出于这些原因,可怜哈尔曼小姐看到窗户上的苍白面孔之后，她很自然地认为是看到了幽灵,她毫不犹豫地把那个人影和邪恶的传说联系了起来。恐惧已经在她的心里生了根,导致她下意识地改变了她的证词。比如说,刚开始的‘苍白的面孔’慢慢地变成了‘白色的面具’。事情还没完,她对于后来发生的事情的描述也很荒诞,我们需要继续分析。在凌晨两点,喧闹的声音把她从睡梦中惊醒,她跑到走廊上‘看到’斯比勒正在院子里和一个袭击者‘搏斗’。不过,哈尔曼小姐无法详细描述那个袭击者。我要提醒您,当时是晚上，而且哈尔曼小姐是透过玻璃看到院子里的斯比勒;在寒冷的季节里那些玻璃窗的透光性并不好。她喊了起来。可是,等她打开窗户之后,她只看到斯比勒一个人。神秘的袭击者已经不见了。更奇怪的是,在斯比勒周围的雪地上没有任何脚印能够证明真的有袭击者。那么,根据我们的理论来推断:当时不可能有人在袭击斯比勒,她的周围也没有任何人。再考虑一下我们已知的情况:哈尔曼小姐满脑子都是那个可怕的闲逛的人影;她刚从睡梦中惊醒就看到了惊人的景象;而且她当时的视线不佳。哈尔曼小姐看到斯比勒在院子里奋力挣扎,她很合情合理地‘自认为’看到了一个袭击者。您认为这么说合理吗？”

“好吧,我承认您的理论能够说得通。我们假设斯比勒因为一些我们未知的原因在原地挥舞胳膊,给人以和袭击者搏斗的假象。但是您忘记了一件事情,欧文,您自己在笔记里也提到了:斯比勒的身上有不久前的搏斗留下的痕迹,她的胳膊和肩膀上的都有淤血,而且她的脸上和嘴唇上也有伤痕!如果我没有记错的话,斯比勒自己也声称受到了袭击…”

“很好,阿齐勒!不久前的搏斗的痕迹,淤血,等等!我们可以稍稍整理一下顺序。这么说吧,斯比勒当时毫无疑问是在梦游。她应当是处在一个噩梦当中,这个噩梦中肯定有一个袭击者正在攻击她,于是她绝望地抵抗。然后,哈尔曼小姐的尖叫突然把她惊醒了。”

“好吧。但是,这还是无法解释她身上的伤痕,比如说肩膀上的淤血!”

“这当然无法解释伤痕的问题。哎,您还是不明白…”欧文叹息说,“她身上有不久前的搏斗留下的痕迹,然后她做了一个噩梦!她实际上是在噩梦中重复她经历过的搏斗,明白吗?说到搏斗,您有什么想法?胳膊和肩膀上的淤血…破损的嘴唇?您还不明白?她会和谁搏斗?您再想想,除了致命的伤痕之外,死者的脸上也有划痕!说实话,我不想信凶手(如果真的有凶手的话)会故意在受害者的脸上留下划痕!这和死者身上的其他伤口完全不同,这更像是一个盛怒的女人自卫所留下的痕迹。”

“我明白了…埃德温和斯比勒之前发生了争执。”

“很正确。根据我们已知的情况以及他们之间的关系,我们不难猜测出这次争执的起因。埃德温肯定想要…拥抱她;

但是她想要把埃德温推开。埃德温用胳膊强行搂住了她，斯比勒试图挣扎。这种争执和我们刚才提到的各种伤痕相吻合。但是，他们是在哪里发生了争执？又是在什么时候？

在回答这些问题之前，我要先讨论一下埃德温身上的致命的伤口。在他的腹部有两处伤口，是又长又细的凶器造成的，这两处创伤引起了内出血。警方仔细地检查了埃德温的房间，没有找到凶器。这证明，埃德温受伤的地点并不是在他的房间里。也就是说，在哈尔曼小姐看到埃德温进入房间之前，他就已经受伤了。现在，再想想哈尔曼小姐是如何描述那个闲逛的人影的：一个苍白的面孔，很吓人，步伐犹豫！透过冻了霜的窗玻璃，她看到的肯定是变形了的面孔。她的描述说明了什么？说明埃德温正在忍受痛苦！他走路的姿态也证明了这一点！实际上，他当时已经受了致命的伤！

我对于外科医学不太精通，不过我听说这种内出血刚开始的时候都非常痛苦。而且内出血不会立刻致命，有时候在死前要捱很长时间。在埃德温的案子里，法医坚持说凶器非常尖细，所以在内脏上留下的伤口也很小。在当时，警方并没有注意这个问题，因为他们对于谋杀的时间很有把握。实际上，他们大错特错了。我们现在可以很自然地推断出，房间里的一片混乱以及喧闹声都是受害者自己精细设计的假象。他制造这些假象就是为了让人相信是有一个精于'混乱'的凶手杀死了他。根据我在处理案件中积累的经验，受害者搞这种把戏通常都是为了保护某个特殊的人不受怀疑。这一次，埃德温想要保护的就是在他的肚子上扎了两针，要了他的命的人——斯比勒。

您还记得吧，在命案发生的第二天，有一些东西不见了：一件毛衣以及一件大衣。人们最后一次见到这两样东西都是在'女王的工作间'里。我在埃德温的衣柜里找到了那件属于尼古拉斯的大衣。我在衣柜里还找到了一顶帽子，那顶帽子很显然也是来自'女王的工作间'。现在我们很清楚了，是埃德温拿走了大衣和帽子。他穿着这些道具，于是哈尔曼小姐看到一个可疑的闲逛的人。但是毛衣哪儿去了？毛衣不见了，但是毛线球和针都还在那个房间里，不过不在正常的位置上。这是为什么？

毛衣，羊毛，针…您明白了吧？考虑到这里的时候，我不可避免地把两根毛衣针和埃德温身上细小的、致命的伤口联系了起来。而且，所有的线索都指向同一个地点：'女王的工作间'。所有的证据都表明斯比勒和受害者就是在那里发生了争执，斯比勒当时正在织毛衣…

大家都一致认为埃德温是在晚上十点回到了自己的房间。严格的说法应当是：在晚上十点之后就没有人见到过埃德温。不过我要提醒您，这完全是根据斯比勒一个人的证词，她声称埃德温在十点离开了'女王的工作间'。实际上，他们两个人在里面停留了很长时间。哈尔曼小姐是在午夜看到闲逛的人影。我认为斯比勒和埃德温之间的争执应该刚发生不久，我猜测是在一刻钟之前。

我要承认，我是完全通过推理来重现当时的情况。但是我认为我的推理是建立在已知的信息的基础上，我还分析了主要人物的心理变化过程，我的每一步推理都符合三段论；因此我得出的结论应当非常接近事实。

斯比勒的感情很显然是整个事情的核心。她的灵魂很纯洁，但是总是处在梳理不清的感情纠葛之中。首先是年轻的未婚夫哈瑞·尼克罗斯突然离去，让她深受打击。她的心情还没有平静的时候，匹国特先生又虚情假意地来向她献殷勤。她的父亲很赞同匹国特的举动，而且斯比勒知道家族的财务状况不佳。只有她能够挽救曼斯菲尔德家族，她必须作出牺牲——一个现代的伊菲姬尼[①]——出于对长辈的爱而自我牺牲。阿齐勒，您应该比任何人都更了解斯比勒，她一直有很强烈的奉献精神…面对埃德温的满腔热情，斯比勒认为她必须不惜任何代价浇灭这段感情。确切地说，她爱他，又不爱他。那天晚上，斯比勒和埃德温单独在‘工作间’里谈话，他们要谈的必然是感情问题。另外，我提醒您，达菲内隐约地听到了他们之间的对话的片段，他们在谈论‘匹国特先生’。

埃德温感觉到了匹国特的威胁，于是他使出浑身解数，

① Iphigeneia (Eng. /?f?d??΄ na??/ ?φιγ?νεια, also Iphigenia) is a daughter of Agamemnon and Clytemnestra in Greek mythology.

想要向斯比勒证明他的真心。在辩解的过程中，埃德温肯定犯了一个致命的错误——埃德温向斯比勒供认了他为斯比勒所作的一切…您还记得吧，让哈瑞·尼克罗斯离开的真正主谋是埃德温。埃德温的这番话最终超出了斯比勒的承受能力。

您可以想象一下当时的情况。埃德温恳求她，缠着她，想要拥抱她…您别忘了，这是一场无声的争执，因为他们不想让别人知道。埃德温很清楚这一点，而且他充分地加以利用。斯比勒的防御手段非常有限…她勉强地把埃德温推开…一场无声的争执，最后变成了悲剧…埃德温最后说出了他在哈瑞身上要的小手腕，他认为这是他的感情的最好的见证。但是斯比勒感到突如其来的、无法抑制的厌恶，她把埃德温推到了一边…而她的手上还拿着两根毛线针。她当时意识到她所造成的伤害了吗?还是说她回到自己的房间之后意识到了问题的严重性? 我不知道她的脑子里到底在想些什么，但是我认为绝望占了上风。为了能入睡，她肯定吃了点儿安眠药。而另一边，埃德温肯定同样感到绝望。他的感情上的痛苦可能比他腹部的剧痛还要强烈。不过，埃德温很冷静。首先，他以最快的速度毁掉了和斯比勒的动作相关的证据。他开始计划把所有的东西都丢到壁炉里，但是他突然想到炉火对于毛线针毫无作用，而且毛线团可能会滚到壁炉的一侧。于是他用毛衣把毛线针仔细地擦干净，然后把毛衣扔进炉火里。然后他把毛线针和毛线团放到了他手边的第一个抽屉里。他知道他的背心下部有明显的血迹,所以他不能从走廊回到他的房间。他随手拿起了他看到的一件大衣,他又找到了一顶帽子——并不是为了抵御外面的小雪,而是要掩盖他的脸上的痛苦表情。他离开了房子的大门,打算从院子进入他的房间。因为如果有人在房子里撞见他,肯定会注意到他的滑稽装扮。在院子,埃德温看到斯比勒的房间附近的走廊里有灯光。他认为那是斯比勒,于是他把脸贴到窗玻璃上,也许是期望最后能够看到斯比勒对他的爱恋。可是,他发现那并不是斯比勒。那实际上是哈尔曼小姐,她被埃德温的面孔吓得半死。埃德温觉得最好不要立刻进入自己的房间——如果哈尔曼小姐看到有人直接进入埃德温的房间,她很可能会因为不安而跟过来看个究竟。于是埃德温绕过房子的侧翼,等了一会儿,然后又原路返回,最后从塔楼进入了房间。当时的时间是十二点一刻,他的腹部的疼痛越来越厉害了。他应该已经意识到剩下的时间不多了。不过在死前,他还想向他的爱人证明他的心意——他要用最后一点力气来保护她,免除她的烦恼,让她忘记那致命的一击。于是他想到了制造'混乱之王'杀人的假象。

如果您认真阅读了我准备的那些资料,您会注意到一个奇怪的现象:现场的多数东西被搞得乱七八糟,但是有的东西则安然无恙。请注意,桌子上的灯和衣柜都很完好。灯的问题很好解释，他不想让火焰毁掉他精心布置的现场。他也没有推倒衣柜，因为他不想让衣柜里的东西散得满地都是；他不想让人注意到他从‘工作间’里借来的大衣。那件大衣的内摆上沾上了血迹，如果引起注意的话可能会搞砸整个计划。

他强忍着疼痛，去完成最后的布景工作。他把通向走廊的门锁好，然后把各种东西扔到地上，作为发生了搏斗的‘证据’。考虑到隔壁的房间里住着四国特，埃德温不敢搞出太大的动静。他的房间的窗帘并没有拉严，所以每次埃德温走过窗户的时候都会造成人影晃动的效果；站在对面走廊里的哈尔曼小姐就自然而然地认为房间里有两个人。埃德温很聪明，他把那些破碎的时候容易发出响声的东西都堆在书架上。为了让自己有勇气执行下一步计划，他喝了好几口威士忌。您记得吗？在他的床边发现了一个几乎是空的威士忌瓶子，而且瓶子上有血迹。等酒精开始发挥作用的时候，他开始在胳膊和手上制造那些明显的伤痕。他使用了什么凶器？我想到了壁炉里找到的玻璃瓶的碎片。别忘了，在炉灰里还找到了一些羊毛织物的残余。我认为埃德温用衣服裹着玻璃瓶子，这样就能减小砸碎瓶子的时候所发出的巨响。埃德温的时间不多了，他打开了通向塔楼的门，还有塔楼外侧通向院子的门——造成凶手作案后匆忙逃走的假象。但是他犯了第二个错误，因为他没有想到地面上的积雪，逃走的凶手应该在雪地上留下脚印。埃德温躺在了房间中央的地上，他用脚踹倒了书架(他已经事先把书架搞得摇摇欲坠)…说到底,这是一个让人伤感的爱情故事,您不觉得吗?我必须特别强调一下斯比勒的摄人魂魄的吸引力:她的魅力太强大了,以至于埃德温心甘情愿地做出了这些事情。当然,匹国特也被她…其实,您有亲身体会,您自然最清楚她的魅力。”

我半晌无语。通过简短的几句话,欧文揭开了看起来神秘莫测的秘密。就像他自己说的,每一个无法理解的因素都得到了合理的解释。

“至于斯比勒在案发后的怪异举动,我也可以给出很合理的解释。”欧文继续说,“不过要理解她的行为,就必须从纯粹的心理学角度考虑。哈尔曼小姐的证词说有人在袭击处于梦游状态的斯比勒,再加上埃德温的房间里的混乱状况,我认为斯比勒坚信这是‘混乱之王’干的。同时,她对于梦境中出现的场景也产生了怀疑。她认为她和埃德温之间的搏斗只是一场噩梦,并没有真正发生过。基于她自己的想法,斯比勒在心里形成了一整套‘事实’。她宣称埃德温在十点就离开了‘工作间’,因为她认为这就是实情。当然,偶尔也会有一些东西刺激她的神经、会有灵光突现的回忆——她会有瞬间的清醒。尽管斯比勒外表很脆弱,她从来不会崩溃——就像童话故事中的芦苇一样;她会用全部的力量来抵抗那些瞬间的清醒的意识,她绝不屈服。对于斯比勒来说,能够证明她的无辜的最有力的证据就是‘混乱之王’的存在。如果是‘混乱之王’

杀死了埃德温，那么埃德温痛苦而漫长的死亡就不是她的过错了。于是她的潜意识希望‘混乱之王’确实存在，她内心深处的愧疚促使她想办法让‘混乱之王’复活…”

“在她梦游的时候，她的梦境就是‘混乱之王’复活了…”

“就是这样的。我所能推断的就这么多了。您必须承认，我的这个解释很符合后来发生的事情。想想看，就是在埃德温死后，人们开始在曼斯菲尔德家附近看到‘混乱之王’的身影。在圣诞节期间，这个‘混乱之王’频繁现身。人们常常在夜里隐约看到它的影子，还会在窗玻璃上看到转瞬即逝的惨白的面具。还有另一个值得注意的特点：在正常状态下，斯比勒对于‘鬼怪’最为警觉。这很好理解：她感到恐惧的程度是和她相信‘鬼怪’的程度成正比的，而‘鬼怪’的存在正好能证明她是无辜的。”

欧文陷入了沉默，他出神地望着手上拿着的精美的瓷器。但是他心思显然不在瓷器上，我从他的眼神里察觉到一丝奇怪的苦涩之情。

“我们至少可以说：这个悲惨的故事从头到尾都是巧合在作怪…”他低声说。

“您刚才还说是和艺术有关…”

“当然和艺术有关系，而且完全超出您的想象。”

我皱起了眉头，然后我问：

“说到巧合，您是不是想说那起‘意外’和埃德格·佛布的谋杀计划之间的联系？”

“…或者说谋杀四国特的凶手。”

“谋杀四国特的凶手？”

“是的，我就是这个意思。您难道真的相信最后一次招魂会上出现了真正的‘幽灵’？您认为是一个‘幽灵’让四国特到湖边去会面？”

23

尾声

欧文坐在一把扶手椅里，他又点上了一根香烟。我焦急地等着他的解释。

“是的。”他说，“这是一个有血有肉的凶手的杰作。这个案子确实很离奇，但是凶手是真实存在的。在诸多巧合的背后，实际上隐藏着真相。动机？凶手为什么要杀死匹国特？告诉我，阿齐勒，您对匹国特有什么看法？或者换句话说，匹国特身上最让您厌恶的特点是什么？我猜是他胁迫曼斯菲尔德家族，迫使斯比勒嫁给他这件事，对吗？他导演了又一出悲惨的‘被出卖的新娘①’。在您看来，他和斯比勒之间的婚姻是这世间最不公平的事情，对吗？”

“您…您早就知道我的这个想法。”

---

① 被出卖的新嫁娘为史麦塔纳的第二出歌剧，三幕喜歌剧。捷克文剧本由萨比纳(Karel Sabina)所作，而由史麦塔纳于1863年到1870年间谱曲。

"试想一下,也许对此愤愤不平的不止您一个人。也许还有人抱有和您一样的想法,也许这个人也住在曼斯菲尔德家的房子里。这个人表面上笑嘻嘻的,实际上对匹国特心怀怨恨。久而久之,这种怨恨发展成了仇恨。这个人决定付诸行动,设计并且完成了您想象不到的、最大胆的谋杀。从纯粹的审美角度来看,这次谋杀确实是一项杰作,值得钦佩。我能够猜到凶手作案的方法,我甚至知道是谁干的,但是我没有任何证据…

这个凶手肯定很早就识破了佛布的诡计。他耐心地等待时机,然后他打乱了佛布的计划,借'幽灵'之口让匹国特去赴约。您明白吗?佛布的处境很尴尬,他不可能抗议说有人作弊…"

"可是那张桌子, 您所说的凶手是如何让桌子跳起来的? "

"小孩子的把戏。您还记得吧,那张桌子的表面有非常精细的浮雕花纹。实际上,我在桌面上还发现了一个小洞。一个很小的洞,直径大概只有一毫米。如果不仔细观察根本看不出来,但是我用放大镜看得一清二楚。凶手找到了一根很细的钉子,把钉子弯成L型,然后插到那个小洞里。凶手没有把钉子完全插进去,而是让钉子头高出桌面一两毫米。这个动作只需要几秒钟的时间,只要小心行事就不会引起注意。而且当时所有的人都处在黑暗中,所以凶手很顺利地完成了这个步骤。现在，按照招魂的规矩，凶手把两只手都平放在桌面上。但是他暗中把钉子头穿进了手上的戒指里…我提醒您一下，那张桌子很轻，并不需要很大力气就能掀起来。他用戒指勾住钉子，猛地往上一扬，把所有的人都吓了一跳。没有人会怀疑他的动作，因为他的手一直在桌面上，表面上看他正在试图压住桌子。我再提醒您一点：要想让您这一侧的桌面跳起来，捣鬼的人必然是坐在您的附近。一个坐在您附近，戴着戒指的人…"

我惊得说不出话了。我心中的生出了一个恐怖的猜测，而且，我越想就越觉得这个猜测没有错。

欧文苦笑了一下，他继续说：

"不可思议，是吗？我刚开始的时候也是这种感觉。但是这是无可争辩的事实。您还记得吗？在您刚到的那天晚上，两个姐妹半夜看到了一个白色的面具。第二天，您特意检查了窗户下面的雪地，但是那里只有哈瑞·尼克罗斯留下的脚印，您前一天见到他在房子附近闲逛…您现在已经习惯了我的推理方法了吧：既然没有其他人的脚印，那么就证明没有任何其他人走过她们的窗户外面。也就是说是有人从附近的窗户探出身子，把面具举到了斯比勒的窗户外面。也许是您，因为您的房间在二楼，就在她们的房间上面。您只需要把纸板做成的面具绑在绳子上，然后从您的窗户吊下去。当然，也有可能是斯比勒自己在捣鬼。她可以把面具绑在一根棍子的末端，然后举到她的妹妹的窗户外面…但是，我们知道斯比勒的心理特征，她会用特殊的方式‘扮演’‘混乱之王’，而不会用这种方式…”

欧文思考着，慢慢地摇头说：

“她要这个小把戏有什么目的？是作为一个序幕，还是说要警告佛布，让他心神不宁？我不知道，不过这并不重要，这个小动作只是暴露出了凶手的身份，仅此而已。”

“好了，好了！现在告诉我，她是怎么杀死匹国特的？”

“当然是用预先准备好的匕首刺中了匹国特的心脏。”

“但是她是如何到达匹国特身边的？”

“我马上就会告诉您的，阿齐勒。不过别急，我要先告诉您我的感受。我希望您知道，您并不是这件事情中唯一的受害者；您总是认为我无法理解您的痛苦，其实不然。我经常和达菲内在一起，刚开始的时候我只是想…我可以借口说是为了验证我的猜测，但是这不是真的。因为我对于凶手的身份已经心中有数了。实际上，我想要和她在一起，欣赏她，品味她，研究她。我想要了解这个特殊的罪犯的个性，想要看看她有多少‘艺术’潜能。但是，随着我们的交往，我逐渐忘记了她应受谴责的罪行，而且她的罪行也应当受到减免。不要忘了，她的行动实际上挽救了佛布：她抢在佛布前面动手，等于是免去了佛布的死刑。我相信在她的身上有出众的才智，一种罕见的美丽…她曾经是…”

“曾经是?”我吃惊地重复说。我的朋友眼睛潮湿着,让我不知所措。

“是的,曾经是。因为现在她已经不在了。上个星期我看到了报道,在巴黎发生了一场可怕的火灾,她的名字就在受难者名单上。我好像告诉过您,她去法国了。她…”

欧文稍稍犹豫了一下,然后他耸了一下肩膀。他疲倦的表情里夹杂着辛酸和一丝不解。

“是她离开了我…她对我感到厌倦了,她觉得我稍稍缺乏…独创性。”

这么说太过分了。我为欧文抱不平,但是我忍住了没有说出口。

“她是一个艺术家,一个真正了不起的艺术家。您看到她的作品了吗?”

“作品?什么作品?我不明白您的意思,欧文…您不如现在告诉我她是如何…”

“她如何及时赶到湖边杀死了匹国特,而且没有留下任何痕迹?”欧文苦笑着说,“这是最简单不过的事情了,阿齐勒!您动动脑子就行了。要想在冰面上快速移动,只有一个办法。这个办法会产生一种很特殊的轻微的声音,您天真地认为那是汽笛声,或者是有人在锯东西。当然,这也不能怪您,您当时的距离还比较远。至于佛布,他看到那个飞快移动的人影就吓呆了,根本无法正确地观察…阿齐勒,想想吧,凶手要想迅速到达湖边只有一个办法：利用连接房子和湖的小河沟。那个小河沟正好经过马棚的旁边。”

“但是警方察看过冰面…”

“…要想不压破冰面，必须每一步都小心谨慎。是的，但是前提是说正常人走在冰面上。阿齐勒，别忘了，她轻如鸿毛！她疾速行进的时候，对地面的压力就更小了。而湖边的冰层比较厚，她降低速度也没有什么危险。她突然从湖边冒了出来，匹国特肯定很吃惊。她赶到匹国特的面前，用匕首刺死了他，然后又加速从原路返回。您有一分钟的时间看不到湖面，对吗？一分钟的时间足够她从芦苇丛里冲出来，到小船旁边杀死匹国特，再顺着小河沟逃脱。当然了，她很走运。但是，她肯定事先练习过。至于湖面上的积雪上没有痕迹的问题，我要提醒您：当时的雪花很细，呈粉尘状，而且被风吹得到处乱跑。另外，当时冰面上的雪很薄。如果有人从冰面上‘走过’，借着月光您也许能够发现脚印。但是冰刀所留下的细小的划痕很快就被风雪所掩盖了，您肯定注意不到。我想您现在都明白了，是吗？您要知道，她在这个领域很出色。我有幸观赏过她的表演。她是一个招人喜爱的、轻巧的小精灵…您会以为她根本没有触及地面，而是在飞行…一个了不起的艺术家。”

我想起来了，达菲内说过：她特别喜欢滑冰。

国家版权局著作权合同登记　图字：01-2007-610号

图书在版编目(CIP)数据

混乱之王／（法）霍尔特著；王琢译．—长春：吉林出版集团有限责任公司，2008.11
（古典推理文库）
ISBN 978-7-80762-889-7

Ⅰ．混…　Ⅱ．①霍…②王…　Ⅲ．推理小说－法国－现代
Ⅳ．I565.45

中国版本图书馆CIP数据核字(2008)第163770号

书　　名：混乱之王
著　　者：[法]保罗·霍尔特
译　　者：王　琢
策划编辑：张晓辉　杨　洋
特约编辑：伤　痕　ellry　dsky
责任编辑：聂文聪
装帧设计：书衣坊·朱赢椿
出　　版：吉林出版集团有限责任公司
地　　址：长春市人民大街4646号(130021)
印　　刷：三河市京兰印务有限公司
开　　本：950mm×650mm　1/16
印　　张：16.5
版　　次：2008年12月第1版
印　　次：2017年7月第2次印刷
发　　行：吉林出版集团有限责任公司北京分公司
地　　址：北京市宣武区椿树园15-18栋底商A222号(100052)
电　　话：010-63106240(发行部)
书　　号：ISBN 978-7-80762-889-7
定　　价：42.80元

（如有缺页或倒装，发行部负责退换）